La clarisa

Elizabeth Gaskell

La clarisa

Nueva traducción al español
traducido del inglés por Michelle Torres

ROSETTA EDU

Título original: *The Poor Clare*

Primera publicación: 1856

Ilustración de tapa: «Éxtasis de Santa Teresa», escultura de Bernini (entre 1645 y 1652).

Rosetta Edu Ltd.
© 2025 para la traducción al español: Michelle Torres.

Primera edición: Octubre 2025

Publicado por Rosetta Edu
Londres, octubre 2025
www.rosettaedu.com

ISBN: 978-1-83647-138-7

ROSETTA EDU

CLÁSICOS EN ESPAÑOL

Rosetta Edu presenta en esta colección libros clásicos de la literatura universal en nuevas traducciones al español, con un lenguaje actual, comprensible y fiel al original.

Las ediciones consisten en textos íntegros y las traducciones prestan especial atención al vocabulario, dado que es el mismo contenido que ofrecemos en nuestras célebres ediciones bilingües utilizadas por estudiantes avanzados de lengua extranjera o de literatura moderna.

Acompañando la calidad del texto, los libros están impresos sobre papel de calidad, en formato de bolsillo o tapa dura, y con letra legible y de buen tamaño para dar un acceso más amplio a estas obras.

Rosetta Edu
Londres
www.rosettaedu.com

INDICE

12 de Diciembre de 1747. Mi vida se ha visto envuelta en extraordinarios incidentes, algunos de los cuales tuvieron lugar antes de que yo tuviera conexión alguna con los actores principales de tales eventos, o en efecto, antes de que siquiera supiera de su existencia. Supongo que la mayoría de los ancianos, como yo, tienden a mirar hacia atrás y ver sus propias carreras con una especie de profundo interés y recuerdo entrañable, en lugar de ver los sucesos pasando rápidamente ante sus ojos —aunque estos puedan ser más interesantes para la multitud—. Si este debe ser el caso para la mayoría de la gente mayor, ¡cómo no ocurriría conmigo...! Si estoy a punto de adentrarme a esa extraña historia relacionada con la pobre Lucy, debería de comenzar desde mucho más atrás. Yo mismo supe de su historia familiar después de conocerla, pero para hacer que este relato sea claro para todos, debo de contar los eventos en el orden que fueron ocurriendo —no de la forma en que supe de ellos—.

Hay un gran y viejo *hall* en el noreste de Lancashire, en una parte que es conocida como «El valle de Bolland», contiguo a otro distrito llamado Craven. La mansión Starkey era más bien un cúmulo de cuartos agrupados alrededor de una enorme torre vieja y gris en lugar de un *hall* normal. De hecho, supongo que la casa constaba solamente de una gran torre al centro, en la época en la que los escoceses hacían sus terribles asaltos hasta el sur, y después que los Estuardo llegaron y que había un poco más de seguridad en esa área, los Starkey de este tiempo sumaron un pequeño edificio, que contaba con dos pisos y rodeaba toda la base de la torre. En mi época, había un gran jardín en la ladera sur, cerca de la casa; pero cuando supe por primera vez del lugar, el huerto de la granja era el único terreno de cultivo perteneciente a la propiedad. Los ciervos solían asomarse por las ventanas del salón, y hubieran podido pastar cerca de la casa si no hubieran sido tan salvajes y tímidos. La mansión misma se encontraba en una saliente o península alta, sobresaliendo de las abruptas colinas que se formaban a los lados del valle de Bolland. Estas colinas eran rocosas y frías en la cima, y al fondo estaban cubiertas de arbustos enredados y una profundidad de verdes helechos, donde sobresalían antiguos arboles gigantes y grises por aquí y por allá, que alzaban sus abominables ramas blancas, como una maldición, hacia el cielo. Me contaron que estos árboles eran los vestigios del bosque que existía en los días de la heptarquía anglosajona[1], e incluso eran un punto de referencia. No era de extrañarse que las ramas más altas y expuestas no tenían hojas y que la corteza muerta se había despegado, pues ya eran viejos y no tenían savia.

No tan lejos de la mansión había unas cuantas cabañas, aparentemente de la misma época en la que se construyó la torre; probablemente construidas para algunos sirvientes de la familia, quienes buscaban refugio —ellos, sus familias y sus peque-

---

1 La heptarquía anglosajona cubre el periodo de la historia de Inglaterra aproximadamente del 500 al 850 d. C., también conocida como la edad oscura, y se refiere a los siete reinos anglosajones que ocuparon la isla de Gran Bretaña en esa época.

ños rebaños— en las manos de su señor feudal. Algunas de ellas prácticamente estaban en decadencia. Fueron construidas con un estilo un tanto extraño. Fuertes vigas fueron enterradas firmemente en el terreno con la distancia correcta y sus extremos contrarios fueron atados juntos, de dos en dos, para dar la forma de cúpulas, imitando a las carpas gitanas, solo que mucho más grandes. Entre cada viga se rellenó de barro, piedras, mimbre[2], desperdicios y mortero[3] —lo que funcionase para protegerse del mal tiempo—. Al centro de las viviendas se hacían las fogatas, habiendo un hoyo en el centro del techo que funcionaba como chimenea. Ningún refugio en tierras altas o cabaña irlandesa podría comparársele.

El dueño de esta propiedad, al principio de este siglo, fue el señor Patrick Byrne Starkey. Su familia había mantenido la antigua fe, y eran fieles católicos romanos, quienes consideraban un pecado el casarse con alguien de linaje protestante, sin importar que estuvieran dispuestos a adoptar la religión romana. El padre de Patrick Starkey fue seguidor de Jacobo II y, durante la desastrosa campaña irlandesa de ese monarca, se enamoró de una belleza irlandesa, la señorita Byrne, tan ferviente a su religión y a los Estuardo como él. Él había regresado a Irlanda después de escapar a Francia, y se casó con ella, y la llevó de vuelta a la corte en Saint Germain.

---

2 Mimbre se refiere a las varas delgadas y flexibles que se obtienen del arbusto mimbre —también conocido como mimbrera—.
3 El mortero es la mezcla que se utiliza para unir materiales, regularmente la mezcla consta de arena, agua y un material conglomerante como la cal.

Pero cierta licencia de parte de los desenfrenados hombres que rodeaban al rey Jacobo en su exilio había insultado a su bella esposa, y eso lo hizo enojar, así que se mudaron de Saint Germain a Amberes, de donde, unos años más tarde, regresarían silenciosamente hacia la mansión Starkey —algunos de sus vecinos de Lancashire le habrían prestado sus buenos servicios para conciliarle los poderes que le correspondían—. Él se mantuvo tan católico como siempre, y un devoto defensor de los Estuardo, y los derechos divinos de los reyes, pero su religión equivalía casi al ascetismo, y la conducta de aquellos con quien había tenido una relación estrecha en Saint Germain podían apenas soportar la inspección de un moralista puritano. Así que ofreció su lealtad en donde no podía dar su estima y aprendió a respetar sinceramente el carácter recto y moral de quien todavía consideraba como un usurpador. El gobierno del rey Guillermo no tenía por qué temer de alguien como él. Así que regresó, como he dicho, con un sobrio corazón y empobrecidas fortunas a su casa ancestral, la cual tristemente había caído a la ruina mientras el dueño había sido un cortesano, soldado y exiliado. Los caminos hacia el valle de Bolland eran más bien huellas de carreta; ciertamente, el camino hacia la casa se extendía a lo largo de un campo arado antes de llegar al parque de ciervos. *Madam,* como los pueblerinos solían llamar a la señora Starkey, se montaba en el arzón, detrás de su marido, sujetándose ligeramente de su cinturón de cuero. El señorito (quien luego fue el hacendado Patrick Byrne Starkey) era llevado en su poni por un sirviente. Una mujer de mediana edad caminaba, con una pisada fuerte y firme, al lado de la carreta que llevaba gran parte del equipaje, cajas y cartas, y encima de estas estaba sentada una chica de deslumbrante belleza, posada ligeramente en el baúl superior, meciéndose despreocupadamente en un vaivén mientras la carreta se sacudía en los empedernidos caminos de finales de otoño. La chica usaba *faille* de Amberes, o un manto español negro sobre su cabeza, y el conjunto le daba una apariencia de una vieja campesina; quien me describió la propiedad muchos años después me dijo que los pueblerinos creyeron que era extranjera. Algunos perros, y el chico que se hacía cargo de ellos, les hacían compañía. Anduvieron silenciosamente, mirando con ojos sombríos y serios a la gente que salía de sus dispersas cabañas para saludar realizando una reverencia a los hacendados reales —«por fin han venido»— y mirar la pequeña procesión con gran asombro, sin sentirse intimidados por el sonido del idioma extranjero en el que intercambiaban palabras. Un chico fue llamado por el hacendado para que ayudara con la carreta y los acompañara a la mansión. El muchacho dijo que cuando la señora bajó del arzón, la mujer que iba caminando se acercó rápidamente para cargar entre sus brazos a la señora Starkey (quien tenía una delgada y delicada figura), y la cargó hacia la entrada y la dejó en la casa de su marido, al mismo tiempo que le daba una estrafalaria y apasionada bendición. El hacendado se paró ahí y sonreía sombríamente, pero cuando la mujer daba su bendición, él se quitó su fino sombrero emplumado e inclinó su cabeza. La chica del manto negro se adentró en las sombras del oscuro *hall* y besó la mano de la mujer; eso fue todo lo que el muchacho le pudo contar al impaciente grupo de personas que lo rodeó a su regreso, ansiosos por saber todo lo que había pasado y cuánto le había dado el hacendado por sus servicios.

Por lo que supe, la mansión se encontraba deteriorada cuando el hacendado regresó. Las robustas paredes grises se mantenían firmes y enteras, pero las recámaras interiores habían sido utilizadas para todo tipo de fines. La gran sala de estar se había convertido en un granero, en la cámara de los tapices se guardaba lana, etc. Pero, con el paso del tiempo, despejaron todo; y como el hacendado no tenía dinero para comprar nuevos muebles, él y su esposa tuvieron la habilidad de crear lo mejor de lo que tenían. Él no era un mal carpintero y ella tenía cierta gracia en todo lo que hacía, e impartía un cierto aire de pintoresca elegancia a todo lo que tocaba. Además, habían traído muchos objetos inusuales del continente, quizás debería decir que eran inusuales en esa parte de Inglaterra —esculturas, cruces y bellas pinturas—. Y, eventualmente, la madera volvió a ser abundante en el valle de Bollard otra vez y grandes fogatas danzaban e iluminaban todos los oscuros cuartos viejos, dándole la apariencia de hogar y comodidad a todo.

¿Por qué te cuento todo esto? No tengo mucho que ver con el hacendado y la señora Starkey pero aun así me detengo ante ellos, como si yo fuera renuente a acercarme a las personas reales con las que mi vida estaba extrañamente mezclada. *Madam* había sido cuidada en Irlanda por la misma mujer que la cargó en sus brazos y la dejó en la casa de su marido en Lancashire. A excepción del corto periodo de su vida como casada, Bridget Fitzgerald nunca había dejado su custodia. Su matrimonio —con alguien de un rango superior al de ella— había sido muy infeliz. Su marido había muerto y la dejó en una pobreza aún más grande que en la que ella misma se encontraba antes de conocerlo. Tuvo una hija, la hermosa niña que llegó montando esa carreta de muebles que fue llevada a la mansión Starkey. La señora Starkey le brindó nuevamente trabajo cuando enviudó. Ella y su hija habían seguido a la señora con toda su fortuna, habían vivido en Saint Germain y en Amberes y eran ahora llevadas a su casa en Lancashire. Tan pronto como Bridget llegó, el hacendado le dio su propia cabaña y se esforzó más por amueblarla como si fuera su propia casa. Pero rara vez se encontraba en su residencia. Ella estaba constantemente en la mansión, ciertamente era un corto camino entre el bosque de su casa hasta la casa de su custodia. Su hija Mary, de la misma manera, se movía de una casa a otra a voluntad propia. *Madam* amaba a ambas profundamente. Ellas tenían una gran influencia sobre ella y, a través de ella, sobre su marido. Lo que fuera la voluntad de Bridget o de Mary se cumplía sin duda. No eran desagradables: aunque apasionadas y salvajes, eran generosas por naturaleza. Pero los demás sirvientes las temían, pues eran en secreto quienes mandaban en la mansión. El hacendado había perdido el interés en todo asunto mundano, y *madam* era amable, afectuosa y flexible. Ambos, el marido y la esposa estaban apegados cálidamente entre ellos y a su hijo, pero evitaban cada vez más y más la molestia de tomar decisiones de cualquier tipo y por consiguiente era Bridget quien podía ejercer tal despótico poder. Pero si todos los demás cedían ante la «magia de una mente superior» su hija frecuentemente se rebelaba. Ella y su madre eran tan parecidas que rara vez estaban de acuerdo. Hubo riñas entre ellas que eran brutales y sus reconciliaciones lo eran aún más. Había ocasiones en las que, en cualquier arrebato, pudieron haberse apuñalado. En otras ocasiones, ambas, en especial Bridget, hubieran dado la vida la una por la otra. El amor que Bridget le tenía a su hija era muy profundo, mucho más de lo que su hija sabía, o yo creería que nunca se habría cansado de su hogar como lo hizo y no le habría rogado a su señora que le obtuviera algún empleo como dama de compañía, más allá del mar, en una vida continental más alegre, y viviendo los momentos que serían los años más felices de su vida. Ella pensó, como la mayoría lo hace en la juventud, que la vida era eterna y que dos o tres años eran solo una pequeña parte de su vida para pasar lejos de su madre, de quien era su única hija. Bridget pensaba distinto, pero era demasiado orgullosa como para mostrar cómo se sentía en realidad. Si su hija deseaba dejarla, bueno... debería irse. Pero la gente decía que Bridget envejeció diez años al cabo de dos meses. Ella creyó que Mary deseaba dejarla, la realidad era que Mary deseaba dejar el lugar por un tiempo, y encontrar un cambio, y hubiera estado encantada de llevarse a su madre con ella. Ciertamente, la señora Starkey le había conseguido un empleo con una gran dama en el extranjero, y cuando el tiempo para que ella se fuera se acercaba, Mary fue quien se aferró a su madre con un apasionado abrazo y desbordándose en lágrimas, declaró que nunca la dejaría, pero fue Bridget quien detuvo el abrazo; seria y sin derramar una sola lágrima le pidió que cumpliera su palabra y se adentrara al mundo real. Sollozando fuertemente y mirando constantemente hacia atrás, Mary se fue. Bridget seguía completamente seria, a duras penas respiraba o cerraba sus vacíos ojos, hasta que regresó a su cabaña, y se posó pesadamente contra la puerta.

Ahí se sentó, sin moverse en lo absoluto, frente a las grises cenizas del extinguido fuego, sorda ante la dulce voz de *madam,* esa dulce voz que le rogaba que le dejara entrar para consolarla. Estuvo sentada ahí por más de veinte horas, sorda, inmóvil e impasible, hasta que la señora Starkey caminó por la nevada vereda por tercera vez hacia la cabaña, cargando el pequeño spaniel que había sido la mascota de Mary y que había estado buscando sin cesar a su ausente dueña, llorando y gimoteando por ella. *Madam* le contó entre lágrimas esta historia a través de la puerta —lágrimas provocadas por esa terrible mirada llena de angustia, tan firme e impasible, la misma que el día anterior, en el rostro de su nana—. Esa pequeña criatura comenzó a llorar lastimosamente mientras temblaba por el frío. Bridget reaccionó; ella se movió, escuchó. En aquel largo lamento, ella pensó que era su hija, y lo que le había negado a su custodia y señora se lo concedió a la tonta criatura que Mary había adorado. Bridget abrió la puerta y le quitó el perrito de los brazos, *madam* entró, besó y consoló a la vieja mujer, quien le prestó muy poca atención. Y envió al señor Patrick al *hall* por leña y comida, y la dulce mujer no dejó a su nana sola ni un solo momento en esa noche.

Al día siguiente, el mismo hacendado bajó, cargando un bello cuadro extranjero —«Nuestra Señora del Sagrado Corazón», así la llaman los papistas—. Era la imagen de la Virgen, su corazón lleno de flechas, cada una representando sus grandes penas. Esa imagen que se encontraba colgada en la cabaña de Bridget cuando la conocí, la tengo yo actualmente.

Los años pasaron. Mary seguía en el extranjero. Bridget pasó de ser una persona activa y apasionada a ser rígida e indolente. El pequeño perro, Mignon, era sin duda su adoración. He escuchado que le hablaba todo el tiempo, aunque era muy callada con la gente. El hacendado y su señora la trataban con máxima consideración, y con razón, pues ella les seguía siendo tan devota y fiel como siempre. Mary le escribía seguido, parecía que estaba satisfecha con su vida. Pero con el tiempo las cartas cesaron, no sé con certeza si fue antes o después de esto, pero una terrible pena llegó a la mansión Starkey. El hacendado se enfermó de una pútrida fiebre, y *madam* se contagió mientras lo cuidaba, y murió. Puedes estar seguro de que Bridget no dejó que ninguna otra mujer se ocupara de ella; en los mismos brazos que la recibieron en su nacimiento, esa dulce y joven mujer recostó su cabeza y dio su último aliento. El hacendado se recuperó, de cierto modo. No volvió a estar fuerte, nunca tuvo el corazón para sonreír otra vez. Ayunaba y rezaba más que nunca, y las personas decían que intentó dejar su patrimonio, dejar la propiedad y fundar un monasterio en el extranjero, por el que oraba para que algún día el pequeño Patrick se convirtiera en el reverendo padre. Pero no podía hacer eso por la rigurosidad del linaje y las leyes contra los papistas. Así que solo podía designar hombres de su confianza para que fueran los guardianes de su hijo, con muchas responsabilidades sobre el alma del muchacho y otros tantos sobre la propiedad, y la manera en que todo se mantendría mientras todavía era un menor de edad. Por supuesto, no se olvidó de Bridget. La mandó a llamar cuando yacía en su lecho de muerte, y le preguntó si deseaba que se le designara una suma unitaria o una pequeña anualidad. Ella le dijo que deseaba recibir la suma, pues pensó en su hija y como podría legarle esa suma, mientras que una anualidad hubiera muerto con ella. Así que el hacendado le dejó a su nombre la cabaña donde vivía y una considerable suma de dinero. Y luego murió, con un corazón tan listo y dispuesto, supongo, como el de cualquier caballero que se haya ido de este mundo jamás. El joven hacendado fue llevado por sus guardianes, dejando a Bridget sola.

Como he dicho, ella no había escuchado nada de Mary por un tiempo. En sus últimas cartas, le había contado que viajaría con su señora, quien era la esposa inglesa de un gran oficial extranjero, y había hablado sobre las posibilidades de casarse con un hombre importante, de quien no dio nombre, manteniéndolo más bien como una agradable sorpresa para su madre; su puesto y fortuna eran, como después tuve razón de saber, superiores a lo que ella hubiera podido esperar. Y luego vino un largo silencio, *madam* había muerto, al igual que el hacendado, y el corazón de Bridget se carcomía de la ansiedad, y ella no sabía a quién preguntarle por noticias de su hija. Ella no sabía escribir, el hacendado había sido quien le ayudaba a entablar la comunicación con su hija. Ella se dirigió a Hurst, y encontró a un buen sacerdote ahí —alguien que había conocido en Amberes— para que le ayudara a escribir. Pero no obtuvo ninguna respuesta. Era como llorarle al terrible silencio de la noche.

Un día, la ausencia de Bridget fue notada por sus vecinos, quienes se habían acostumbrado a verla salir y entrar a su casa. Ella nunca había sido sociable con ninguno de ellos, pero verla pasar se había convertido en parte de su vida diaria, y una lenta angustia surgió en sus mentes, a medida que las mañanas pasaban y que la puerta de su cabaña se mantuvo cerrada, su ventana no emanaba luz en su interior. Un tiempo después, alguien intentó abrir la puerta, pero estaba cerrada. Dos o tres personas se juntaron, pero no se atrevían a mirar por la ventana. Cuando finalmente juntaron el coraje y miraron, se dieron cuenta que la ausencia de Bridget no era resultado de un accidente o muerte, más bien fue premeditado. Pequeñas piezas y muebles que podían ser protegidos de los efectos del tiempo y la humedad fueron empacados, guardados en cajas. La imagen de la madona fue retirada de la pared y había desaparecido. En otras palabras, Bridget se había escabullido y se fue sin dejar un rastro de su partida. Supe después que ella y el pequeño Mignon se habían adentrado a una larga búsqueda para encontrar a su hija perdida. Era demasiado analfabeta como para tenerle fe a las cartas, incluso si hubiera tenido los medios necesarios para escribir y enviar muchas. Pero tenía fe en su gran amor y creía que su apasionado instinto la guiaría hasta su hija. Además, viajar en el extranjero no era algo nuevo para ella, sabia el francés suficiente como para explicar el motivo de su viaje, y encima, tenía la ventaja de que, por su fe, era objeto de bienvenida a la caritativa hospitalidad de muchos conventos en la distancia. Pero los campesinos que rodeaban la mansión Starkey no sabían nada de esto. Se preguntaban qué le había pasado, en una manera torpe y perezosa, para luego dejar de pensar en ella en lo absoluto. Muchos años pasaron. Ambas, la mansión y la cabaña estaban desiertas. El joven escudero ahora vivía muy lejos bajo el cuidado de sus guardias. Se llenaron de lana y maíz las salas de estar del Hall, y de vez en cuando había conversaciones entre la gente de campo, acerca de si debieran o no allanar la vieja cabaña de Bridget, y tomar los bienes que había dejado antes de que fueran invadidos por las polillas y se oxidaran, lo cual hubiera causado un triste enredo. Pero la idea siempre era aplastada por el recuerdo de su fuerte carácter y su apasionada ira; se rumoreaban historias de su espíritu magistral y su intensa fuerza de voluntad, hasta se creía que el simple pensamiento de ofenderla al tomar sus pertenencias traería consigo una especie de terror: se creía que viva o muerta, no fallaría en vengarse.

De repente regresó a casa, tan sigilosamente como cuando se fue. Un día, alguien notó que un fino hilo de humo azul ascendía desde su chimenea. Su puerta se abrió durante el sol del mediodía, y antes de que transcurrieran muchas horas, alguien vio una anciana, marcada por los viajes y el dolor, llenando su cántaro en el pozo; y dijo que los oscuros y solemnes ojos que lo habían visto eran los más parecidos a los de Bridget Fitzgerald que a los de cualquier otra persona en el mundo, y aun si era ella, se veía como si hubiera sido quemada en las flamas del mismo infierno; parecía una criatura tan jorobada, asustada y feroz. Al poco tiempo muchos la habían visto, y una vez que la miraban a los ojos no se volvían a preocupar por ser atrapados mirándola nuevamente. Ella había desarrollado el hábito de hablar constantemente sola, es más, de responderse a ella misma, cambiando el tono que usaba de acuerdo con el lado que tomaba en el momento. No era de extrañarse que quienes se atrevían a escuchar fuera de su puerta creían que sostenía conversaciones con espíritus; en resumen, inconscientemente se estaba ganando la terrible reputación de bruja.

Su pequeño perro, que había deambulado por medio continente con ella, era su única compañía, el único recuerdo de sus días más felices. Hubo una vez en la que el pequeño enfermó, y ella lo cargó por más de tres millas para preguntar por los servicios de quien fue mozo del último hacendado, y que era reconocido por sus habilidades para sanar enfermedades en los animales. Lo que sea que el hombre hizo, el perro logró recuperarse; y quien escuchó sus agradecimientos, entremezclados con bendiciones (que eran más bien promesas de buena fortuna), miró seriamente su buena suerte cuando, al año siguiente, sus ovejas parieron gemelos y el pasto de su campo se volvió abundante y espeso.

Ahora bien, alrededor del año mil setecientos once, uno de los guardianes del joven hacendado, un tal sir Philip Tempest, consideró que una buena cacería debía ser realizada en la propiedad de su custodio, y por consecuente, llevó a cuatro o cinco hombres, amigos suyos, a quedarse por una semana o dos en el Hall. Se cuenta que se divirtieron y gastaron con mucha libertad. Nunca supe sus nombres, a excepción de uno, y ese fue el del hacendado Gisborne. Él era apenas un hombre de mediana edad, la mayor parte de su vida había estado en el extranjero, y ahí, tengo entendido, que fue donde conoció a sir Philip Tempest, y le brindó algunos servicios. Él era un hombre depravado y desafiante en ese entonces, despreocupado e intrépido; alguien que preferiría ser parte de una pelea. También tenía un muy mal temperamento y no perdonaba ni a los hombres ni a los animales. Por otra parte, quienes lo llegaron a conocer bien solían decir que tenía un buen corazón, cuando no estaba borracho, o enojado, o irritado de alguna manera. Él había cambiado mucho cuando lo conocí.

Un día, los caballeros habían estado cazando, con poco éxito, según supe; de cualquier modo, el señor Gisborne no había atrapado nada y, por tanto, estaba de un humor de perros. Él estaba regresando a casa, con su arma cargada, como un buen deportista, cuando el pequeño Mignon se cruzó en su camino, justo cuando salía del bosque junto a la cabaña de Bridget. Por una parte, por perversidad, y por otra parte para descargar su rabia en algún ser vivo, el señor Gisborne tomó su arma y disparó —hubiera sido mejor que nunca hubiera disparado—, ese desafortunado disparo le dio a Mignon, Bridget salió debido al repentino llanto de la criatura y vio lo que él había hecho. Bridget tomó a Mignon entre sus brazos y miró fijamente la herida; el pobre perro la miraba con cristalinos ojos, trató de menear su cola y lamer su mano, que se encontraba llena de sangre. El señor Gisborne habló con cierta penitencia:

—Debió de mantener a ese perro fuera de mi vista; una pequeña alimaña para ser cazada.

En ese mismo instante, Mignon estiró sus patas y se puso rígido en sus brazos —el perro de su perdida Mary, aquel animal que había deambulado y había compartido su tristeza con ella por años—. Ella se interpuso en el camino del señor Gisborne y fijó su renuente y taciturna vista con sus terribles y oscuros ojos.

—Quienes me dañaron nunca progresaron —dijo ella—. Estoy sola en este mundo, desolada; por esa razón los santos en el cielo escuchan mis súplicas. ¡Escúchenme, benditos! Escúchenme mientras pido dolor para este cruel y malvado hombre. Él ha matado a la única criatura que me ha amado, a la torpe criatura que yo amaba. ¡Que caiga gran pena en sus hombros por lo que hizo! ¡Oh, santos! Él pensó que yo estaba desamparada, pues me vio pobre y sola, ¿pero acaso el ejército del cielo no está para alguien como yo?

—Ay, venga acá —dijo él, en parte arrepentido, pero sin una pizca de miedo—. Aquí hay una corona para que se compre otro perro. ¡Tómela y deje de maldecirme! No me importan sus amenazas.

—¿Ah, no? —dijo ella, acercándosele un poco más, dejando atrás su imprecatorio llanto, convirtiéndolo en un susurro que hizo que el joven guardabosques que estaba siguiendo al señor Gisborne se asustara inmensamente—. Deberá vivir lo suficiente para ver que la criatura que más ama, y quien solo le ama a usted... sí, una criatura humana, pero que sea tan inocente y afectuosa como mi pobre tesoro ya difunto... verá a esa criatura, para quien la muerte será algo demasiado feliz, convertirse en un terror y un estorbo para todos, gracias a esta sangre que hoy derramó. ¡Oh, escúchenme, santos, quienes nunca le fallan a los desamparados!

Bridget alzó su mano derecha, llena de la sangre del pobre Mignon, y un par de gotas cayeron en el uniforme de caza de él —una siniestra visión para el seguidor—. Pero Gisborne solo se rio con una pequeña, forzada, despreciable risa, y se adentró en el Hall. Sin embargo, antes de entrar, sacó una moneda de oro y le pidió al guardabosques que se la entregara a la vieja mujer cuando regresara al pueblo. El joven estaba aterrorizado —pues así me lo contó años después—; llegó a la cabaña, dando vueltas sin atreverse a entrar. Finalmente, se asomó a través de la ventana, y cerca de la titilante fogata, vio a Bridget arrodillarse frente a la imagen de Nuestra Señora del Sagrado Corazón, con el difunto Mignon yaciendo entre ella y la madona. Rezaba fervorosamente, haciendo presagios con sus brazos extendidos. El joven se retrajo, totalmente aterrorizado, y terminó dejando la moneda de oro bajo su puerta endeble. Al día siguiente la moneda de oro fue tirada en medio del pueblo, pero nadie se atrevió a tomarla.

Mientras tanto el señor Gisborne, un tanto curioso e incómodo, pensó en aliviar su inquietud al preguntarle a sir Philip quién era Bridget. El solo podía describirla, pues desconocía su nombre. Pero sir Philip estaba igual de perdido. Pero un viejo sirviente de los Starkey, quien recientemente había retomado su puesto en el Hall —un canalla a quien Bridget le había salvado del despido más de una vez en su gloriosa época— dijo:

—Debe ser esa vieja bruja a quien usted se refiere. Necesitan hacerle una sumersión, como nunca se la han hecho a ninguna otra mujer, esa Bridget Fitzgerald.

—¡Fitzgerald! —dijeron ambos hombres al mismo tiempo. Pero sir Philip fue el primero en continuar:

—No se le hará ninguna sumersión, Dickon. Esta debe ser la pobre mujer que Starkey me pidió que cuidara, pero cuando regresé ella se había ido, nadie sabía a donde. La iré a ver mañana. Pero tenga en cuenta, señor, si alguien se atreve a hacerle daño —o si siguen hablando de que es una bruja— tengo una manada de sabuesos en casa que pueden seguir el rastro de cualquier canalla mentiroso tan bien como siguen a un zorro, así que tenga cuidado con como habla de hacerle una sumersión a una fiel y vieja sirviente de su difunto amo.

—¿Ella tuvo una hija? —preguntó el señor Gisborne, después de un tiempo.

—No lo sé... ¡Sí! Tengo la noción de que la tuvo, era una especie de dama de compañía de la señora Starkey.

—Si me permite, señor —dijo Dickon apenado—, la señora Bridget tuvo una hija, la señorita Mary, quien se fue al extranjero y de la que no se ha sabido nada desde entonces; los campesinos dicen que eso es lo que enloqueció a su madre.

El señor Gisborne se cubrió los ojos con su mano.

—Desearía que ella no me hubiera maldecido —dijo en voz

baja—. Puede que ella tenga poder, un poder que nadie más podría tener. —Al cabo de un rato, dijo en voz alta, aunque nadie entendió a lo que realmente se refería—: ¡Bah! ¡Es imposible! —y pidió clarete; y él y los otros hombres se pusieron a beber.

CAPITULO II

Ha llegado el momento en el que yo mismo me vi envuelto en la vida de estas personas de las que he estado escribiendo. Y para hacer que entiendas cómo me vi conectado a ellos, debo contarte un poco de mi vida. Mi padre fue el hijo menor de un hombre de Devonshire con moderadas propiedades, su hermano mayor fue quien heredó las propiedades de la familia, el segundo hijo mayor se convirtió en un eminente abogado en Londres, y mi padre acataba órdenes. Como la mayoría de los clérigos pobres, tuvo una gran familia, no tengo duda de lo agradecido que estoy que mi tío londinense, quien era soltero, se ofreciera a hacerse cargo de mí y criarme para que me convirtiera en el sucesor de su negocio.

Fue de este modo que me fui a vivir a Londres a la casa de mi tío, cerca del Gray's Inn, y fui tratado y considerado como su hijo, trabajando con él en su oficina. Le tuve un gran cariño a este viejo hombre. Él era el agente confidencial de muchos hacendados en el país, y obtuvo su posición gracias a sus conocimientos sobre la naturaleza humana y sobre la ley, sobre todo era muy instruido en eso último. Él solía decir que su negocio era la ley y que su placer era la heráldica[4]. Debido a su íntimo conocimiento de la historia familiar y de todos los trágicos cursos en los que la vida se veía involucrada, oírlo hablar en sus ratos libres acerca de los escudos de armas que se cruzaban en

4 La heráldica es el estudio de los escudos de armas, la historia y simbología detrás de ellos.

su camino era igual de divertido que ver una obra de teatro o leer una novela. Se le presentaban muchos casos donde se disputaban propiedades, que dependían del amor a la genealogía, pues él era una gran autoridad en esos casos. Si el abogado que llegaba a consultarle era joven, no cobraba honorarios, y solo le daría una gran lección acerca de la importancia de atender a la heráldica, si el abogado era mayor y tenía una buena posición, lo multaba bastante bien y luego lo insultaba frente a mí por descuidar una gran rama de la profesión. Su casa se encontraba en una nueva y majestuosa calle llamada Ormond, y en ella tenía una magnífica biblioteca, pero todos los libros trataban temas del pasado, ninguno de ellos planeaba o miraba hacia el futuro. Yo trabajé diligentemente, en parte por el bien de mi familia, pero también porque mi tío me enseñó el placer de disfrutar la práctica con la que él mismo se deleitaba. Supongo que trabajé muy duro; de todas formas, en mil setecientos dieciocho, yo estaba lejos de encontrarme bien, y mi buen tío se encontraba preocupado por mi enferma apariencia.

Un día, tocó dos veces la campana de la sórdida oficina del empleado en el callejón de Grey's Inn. Era el llamado para mí, así que entré en su cuarto privado justo cuando un caballero —a quien solo conocía de vista como un abogado irlandés de alta reputación, una reputación mucho mayor de la que merecía— salía del mismo.

Mi tío se frotaba las manos lentamente mientras pensaba. Estuve parado ahí por unos dos o tres minutos antes de que empezara a hablar. Luego me dijo que yo debía empacar esa misma tarde y dirigirme a caballo a West Chester por la noche. Si todo marchaba bien, llegaría ahí en cinco días, y luego debía esperar un paquebote para cruzar a Dublín. Por consiguiente, debía adentrarme a una ciudad llamada Kildoon, y quedarme en ese vecindario, haciendo ciertas investigaciones sobre la existencia de los descendientes de la rama más joven de una familia a quien le habían heredado valiosas propiedades en la línea femenina. El abogado irlandés que vi estaba cansado de este caso, y hubiera dado esas propiedades sin ningún problema a un hombre que quería reclamarlas, pero al mostrarle sus tablas y árboles a mi tío, el último había previsto tantos posibles solicitantes anteriores, que el abogado le había rogado que tomara el control de la administración de todo el caso. En su juventud, mi tío hubiera estado encantado de ir a Irlanda e investigar cada fragmento de papel, pergamino o cualquier tradición hablada de la familia. Pero como él ya se encontraba viejo y tenía gota, me lo asignó a mí.

Fue así como me dirigí a Kildoon. Supongo que yo tenía un poco del encanto de mi tío para seguir el rastro genealógico, pues rápidamente descubrí que cuando estuvo en el lugar, Rooney, el abogado irlandés, hubiera metido, tanto a él mismo como al primer solicitante, en un terrible lío si hubiera dado su opinión de entregarle las propiedades a él. Había tres pobres irlandeses, cada uno siendo más cercano al último propietario, pero en la generación anterior, había una persona aún más cercana de la cual no se tenía ningún registro, y ningún abogado sabía de su existencia, me atreví a pensar, hasta que lo saqué de la memoria de algunos antiguos dependientes de la familia, ¿qué habrá sido de él? Viajé de un lado a otro, fui a Francia y regresé con una pequeña pista que me ayudó a descubrir que, el loco y disipado hombre había dejado un hijo, un niño, el cual tenía un peor carácter que el de su padre, este mismo siendo Hugh Fitzgerald, quien se casó con una bella dama de compañía que trabajaba con los Byrne —una persona con un rango más bajo que él, pero con un carácter más fuerte que el suyo—; él murió poco después de haberse casado, dejando un hijo, el cual no supe si era un niño o una niña, y su madre regresó a vivir con los Byrne. Ahora bien, el jefe de esta última familia estaba sirviendo en el régimen del duque de Berwick, y pasó mucho tiempo hasta que pude saber de él; pasó más de un año hasta que recibí una corta y arrogante carta —me imagino que él tenía el desprecio de un soldado por un civil, el odio de un irlandés por un inglés, la envidia de un jacobita[5] exiliado hacia quien prosperó y vivió tranquilamente bajo el gobierno que consideraba una usurpación—.

Bridget Fitzgerald, dijo él, ha sido fiel a las fortunas de su hermana, la había seguido al extranjero, a Inglaterra, cuando la señora Starkey pensó que era tiempo de regresar. Ambos, tanto su hermana como su esposo habían muerto, él no sabía absolutamente nada de Bridget Fitzgerald en ese momento: probablemente sir Philip Tempest, el guardia de su sobrino podría darle más información.

No he dicho los pequeños detalles despectivos, la manera en

---

5 El movimiento jacobita era una corriente política que buscaba la restauración de la dinastía Estuardo en el trono británico.

la que la carta buscaba informar más de lo necesario, cosas que no tienen que ver con mi historia. Cuando tuve contacto con sir Philip, me dijo que le pagaba una anualidad a una anciana mujer llamada Fitzgerald, viviendo en Coldholme (el pueblo cerca de la mansión Starkey). Sin embargo, no sabía si ella tenía descendencia alguna.

Una lúgubre tarde de marzo, llegué al lugar de los hechos que describí al inicio de este relato. A duras penas podía comprender el burdo dialecto en el que me dijeron a qué dirección ir para llegar a la vieja cabaña de Bridget.

«Per on es veu la ilum», me dijeron, sin pausas, no entendí que debía de guiarme por las luces distantes que alumbraban las ventanas del Hall, en el cual se encontraba el granjero que administraba el lugar, mientras que el hacendado, quien ahora tenía unos veinticuatro o veinticinco años, estaba haciendo el gran recorrido. De cualquier manera, finalmente llegué a la cabaña de Bridget, en un sombrío y musgoso lugar: las estacas que rodeaban el lugar se encontraban rotas o habían sido robadas, y el sotobosque había llegado a las paredes, oscureciendo las ventanas. Era alrededor de las siete de la noche, no tan tarde según mis nociones londinenses, pero, después de tocar por un tiempo y sin respuesta alguna, llegué a la conjetura de que la ocupante de la cabaña ya se había ido a dormir. Así que me dirigí a la iglesia más cercana, a casi cinco kilómetros por el camino del que venía, seguro de que debía encontrar alguna pensión, y a la mañana siguiente fui temprano de regreso a Coldholme, por el camino que el dueño de la pensión aseguraba que era más

corto que el camino que tomé la noche anterior. Era una fría y nítida mañana, dejaba mis huellas en la ligera escarcha que cubría el piso, aun así, vi una anciana mujer, quien instintivamente supuse que era el objeto de mi búsqueda, resguardándose en un refugio que se encontraba a un lado del camino. Me quedé a observarla. Debió ser bastante más alta que el promedio durante su mejor época, pues cuando se incorporó de esa encorvada posición en la que la encontré, había algo fino e imponente en su erguida figura. Se volvió a agachar pasados uno o dos minutos, pareciese que estaba buscando algo en la tierra cuando, con la mirada gacha, se fue del lugar donde yo la había encontrado, perdiéndola de vista. Supuse que perdí mi camino, y di una vuelta en círculo a pesar de las indicaciones que me dio el dueño de la pensión; para cuando llegué a la cabaña de Bridget ella se encontraba ahí, con un semblante intacto, no parecía que hubiese caminado apresuradamente o con algún tipo de desconcierto. La puerta estaba entreabierta. Toqué a su puerta y su majestuosa figura se paró frente a mí, esperando silenciosamente a que le diera una explicación de mi presencia. Todos sus dientes se habían caído, así que su nariz y su mentón estaban muy juntos, sus grises cejas eran rectas y casi colgaban de sus profundos y cavernosos ojos, y su grueso y blanco cabello caía en mechones plateados sobre su baja y gran frente llena de arrugas. Por un momento, me mantuve frente a ella sin saber cómo formular mi respuesta debido al solemne cuestionamiento de su silencio.

—¿Su nombre es Bridget Fitzgerald, no es así?

Ella inclinó su cabeza indicando que era correcto.

—Tengo algo que decirle. ¿Puedo pasar? No quisiera tenerla aquí parada.

—No podría cansarme —dijo ella. Al inicio parecía inclinada a negarme refugio en su techo. Pero, tras un instante (ella había buscado en mi alma con sus ojos), me guio adentro y se quitó la capucha de su gris capa, la cual estuvo ocultando parte del carácter en su semblante. La cabaña era bastante rudimentaria y tenía apenas lo suficiente. Pero ante la imagen de la Virgen, la cual he mencionado con anterioridad, había un pequeño vaso lleno de frescas prímulas. Mientras ella le ofrecía una reverencia a la madona, comprendí por qué estuvo buscando entre los verdes arbustos en el bosque. Luego ella se giró, y me ofreció asiento. La expresión de su cara, la cual estuve estudiando todo el tiempo, no era mala, no era como me habían hecho suponer con las historias que me contó el dueño de la pensión la noche anterior; tenía un rostro feroz, severo, salvaje e indomable, parecía surcado y marcado por la agonía de su solitario sufrimiento, pero no era malicioso o artero.

—Mi nombre es Bridget Fitzgerald —me dijo, en su manera de comenzar la conversación.

—¿Y su marido era Hugh Fitzgerald, de Knock Mahon, cerca de Kildoon, en Irlanda?

Un leve destello vino a sus melancólicos y oscuros ojos.

—Así es.

—¿Podría preguntarle si tuvo algún hijo con él?

La luz en sus ojos enrojeció rápidamente. Trató de hablar, lo pude ver, pero pareciese que algo le subió por la garganta y la ahogó, hasta que pudo hablar con calma; ella hubiera preferido no hablar ante un extraño. Pero al cabo de un minuto ella dijo:

—Yo tenía una hija, llamada Mary Fitzgerald... —Y luego su fuerte naturaleza dominó sobre su fuerte voluntad, y se convirtió en un mar de lágrimas, y con un tembloroso lamento dijo—: ¡Oh, cielos! ¿Qué será de ella...? ¿Qué será?

Ella se paró de su asiento y me tomó del brazo mirándome a los ojos. En ese momento ella se dio cuenta, supongo, de mi absoluta ignorancia acerca del paradero de su hija, así que regresó ciegamente a su silla, y empezó a mecerse en ella aquejándose, como si yo no estuviera ahí. No me atrevía a hablarle a esa pobre y solitaria mujer. Después de una pequeña pausa se dirigió a la imagen de Nuestra Señora del Sagrado Corazón y se arrodilló ante ella, y la llamó por todos los elaborados y poéticos nombres de las letanías.

—¡Oh, Rosa mística! ¡Oh, Torre de David! ¡Oh, Estrella de la mañana! ¿No tienes compasión por mi llagado corazón? ¿Debo de tener esperanza eternamente? ¡Concédeme un poco de tu compasión! —Y continuó así, ignorando mi presencia. Sus salvajes plegarias se hacían cada vez más recias, parecía que estaba tocando los límites de la locura y la blasfemia. Casi de forma involuntaria, le hablé para que se detuviera.

—¿Tiene alguna razón para creer que su hija está muerta?

Ella se levantó y se paró frente a mí.

—Mary Fitzgerald está muerta —me dijo—. Nunca la volveré a ver en carne y hueso. Ninguna boca me lo dijo, pero yo sé que está muerta. He anhelado tanto verla y la voluntad de mi corazón se encuentra temerosa pero fuerte: la hubiera traído de vuelta a mí para este entonces, si ella hubiera sido una nómada al otro lado del mundo. Me he preguntado seguido como no la he sacado de su tumba para que venga y se pare frente a mí, para que me escuche decirle lo mucho que la amaba. Porque, señor, nos separamos estando enojadas.

Yo no sabía nada más que las secas particularidades necesarias para mi investigación de abogado, pero no pude evitar sensibilizarme ante la desolada mujer; debe de haber leído mi inusual simpatía con sus melancólicos ojos.

—Sí, señor, así fue. Ella nunca supo lo mucho que la amaba, y nos separamos estando enojadas, y me temo que deseé que su viaje no saliera bien, pero me refería... ¡Oh, Virgen bendita! Tú sabes que solo deseaba que ella regresara a casa, a los brazos de su madre, y que este fuera el lugar más feliz en la tierra, pero mis deseos son terribles, su poder va más allá de mi pensar, y no hay esperanzas para mí si mis palabras le causaron daño a Mary.

—Pero —le dije— usted no sabe si ella está muerta. Incluso ahora, usted esperaba que ella estuviera viva. Escúcheme... —Y le conté la historia que ya te he contado, relatándosela de la manera más seria posible, pues deseaba que recobrara la lucidez que yo estaba seguro que poseyó en su juventud, y al mantener su atención a los detalles, poder contener la difusa intensidad de su dolor.

Ella escuchó con profunda atención, haciéndome preguntas de vez en cuando que me convencían de que estaba tratando con una inteligencia poco común, sin importar lo débil y rota que se encontraba por la soledad y su misteriosa tristeza. Luego ella continuó con su historia, y en pocas palabras me contó de todos sus viajes en vano para buscar a su hija, a veces en los campos militares, a veces en el campo, a veces en la ciudad. La mujer de quien Mary sería dama de compañía murió poco después de la fecha en la que recibió su última carta, su marido, un oficial extranjero, había estado sirviendo en Hungría, a donde Bridget lo había seguido, pero llegó muy tarde para encontrarlo. Vagos rumores llegaron a ella, diciendo que Mary se había casado con un hombre importante: y la espina de la duda surgió, si la madre no estaba familiarizada con el nuevo apellido de su hija, aun si llegaba a escuchar de ella, aun así, no podría reconocer nunca a quien perdió. Con el tiempo un pensamiento se apoderó de ella, que era posible que todo este tiempo Mary podía estar en su casa en Coldholme, en el valle de Bolland, en Lancashire, en Inglaterra; así que Bridget regresó a casa, con esa inútil esperanza, a su desolado hogar, y a esa vacía cabaña. Estando ahí, ella había pensado que era más seguro quedarse; si Mary seguía con vida, seria ahí donde buscaría a su madre.

Anoté una o dos particularidades de la narrativa de Bridget que creí que me podían ser útiles: pues me vi incitado a hacer una investigación más extensa de una forma un tanto extraña y extraordinaria. Parecía como si me lo hubieran impuesto, debía de tomar la investigación que Bridget había dejado atrás; y esto sin ninguna otra razón que me haya influenciado con anterioridad (como la ansiedad de mi tío acerca del tema, mi propia reputación como abogado, etc.), más bien era una extraña fuerza que había tomado control sobre mi voluntad en esa misma mañana, y que me forzó a la dirección que deseó.

—Yo iré —dije yo—. No escatimaré nada en esta búsqueda. Confíe en mí. Averiguaré todo lo que pueda ser averiguado. Sabrá todo lo que el dinero, o el sufrimiento, o el ingenio puede descubrir. Puede ser verdad que ella haya muerto hace mucho, pero puede que haya dejado un hijo.

—¡Un hijo! —gritó ella, como si fuera la primera vez que esa idea cruzaba su mente—. ¡Escúchalo, Virgen bendita! Él dice que pudo haber dejado un hijo. ¡Y tú nunca me lo has dicho, aunque te he rezado pidiéndote una señal, despierta o dormida!

—No —le dije—, yo no sé nada, más lo que usted me ha dicho. Dijo que escuchó que se casó.

Pero ella no escuchó nada de lo que le dije. Le rezaba a la Virgen con un cierto éxtasis, un éxtasis que parecía nublar su percepción sobre mi presencia.

Partí de Coldholme hacia la propiedad de sir Philip Tempest. La esposa de aquel oficial extranjero, para quien trabajó Mary, era prima del padre de sir Philip, y pensé que podría obtener información de él sobre el conde de la Tour d'Auvergne[6] y dónde podría encontrarlo; sabía que las preguntas a *viva voce* ayudan a la memoria y yo estaba determinado a aprovechar cada oportunidad existente. Pero sir Philip se había ido al extranjero y pasaría un buen tiempo antes de que yo pudiera recibir su respuesta.

6 La Tour d'Auvergne era una dinastía francesa. Poderosos por sus grandes posesiones territoriales y su influencia en la historia francesa.

Así que seguí los consejos de mi tío, a quien le había contado lo cansado que me sentía, tanto mental como físicamente, por esta búsqueda interminable. Él me dijo que fuera inmediatamente a Harrogate y que ahí esperara la respuesta de sir Philip. Yo debía de estar cerca de uno de los lugares conectados a mi búsqueda, Coldholme; y no tan lejos de donde podía encontrar a sir Philip Tempest, en caso de que regresara, y yo deseara hacerle más preguntas. En conclusión, mi tío me pidió intentar olvidarme del caso por un tiempo.

Sin embargo, fue más fácil decirlo que hacerlo. Una vez vi a un niño en un ejido siendo arrastrado por un fuerte viento, incapaz de resistir tal fuerza tempestuosa. De alguna manera yo me encontraba en el mismo aprieto mentalmente. Algo irresistible parecía inundar mi mente, creando miles de caminos que podrían llevarme a alcanzar mi objetivo. Cuando salía a caminar no miraba los amplios páramos. Cuando tomaba un libro y lo intentaba leer, mi cerebro no lograba procesar la información. Si intentaba dormir, las mismas ideas inundaban mi cabeza, siempre fluyendo en la misma dirección, esto no podía durar tanto tiempo sin crear un efecto negativo en mi cuerpo. Terminé enfermando, y a pesar de que me retorcía del dolor fue un gran alivio para mí, pues me obligó a vivir en el doloroso presente y no en aquellas investigaciones visionarias en las que había estado pensando compulsivamente. Mi querido tío vino a cuidarme, y después de que el peligro inmediato pasó, mi vida pareció desvanecerse en un delicioso declive por unos dos o tres meses. No pregunté si había llegado respuesta alguna de parte de sir

Philip —tenía tanto miedo de caer en mi antiguo hilo de pensamiento—. Alejé completamente mi imaginación de ese asunto.

Mi tío se quedó conmigo hasta que llegó el verano, y luego regresó a su trabajo en Londres; dejándome en perfectas condiciones, aunque no del todo fuerte. Suponía que lo seguiría después de quince días, pues me dijo que, «revisaríamos unas cartas y hablaríamos de varios temas». Yo sabía a qué aludía su pequeño discurso y me encogí ante el tren de pensamiento que sugería —el cual estaba estrechamente relacionado con los primeros destellos de mi enfermedad—. Sin embargo, yo tenía quince días más para vagar por esos vigorizantes páramos en Yorkshire.

En aquellos tiempos, había una grande y desolada pensión, en Harrogate, cerca de un manantial medicinal; pero se estaba quedando pequeña debido a la afluencia de sus visitantes, muchos se alojaban cerca, en las casas de labranza del distrito. Era apenas el inicio de la temporada, así que prácticamente tuve la pensión para mí solo y, de hecho, me sentía más como una visita en una casa privada; me hice tan íntimo con el dueño y su esposa durante mi larga enfermedad. Ella solía reprenderme por andar tan tarde en los páramos, o por haber estado tanto tiempo sin comer, casi como una madre; mientras que él me consultaba sobre antigüedades y vinos, y me enseñó muchos trucos de Yorkshire sobre los caballos. En mis paseos me encontré con otras personas de vez en cuando. Incluso antes de que mi tío me dejara había notado, con una tórpida curiosidad, a una mujer de distinguida apariencia, quien iba siempre acompañada de

una persona de edad avanzada, no precisamente alguien no-
ble, pero había algo en su figura que me predisponía a su favor.
La joven mujer acostumbraba bajar su velo cuando alguien se
acercaba, por lo que solo una o dos veces logré vislumbrar su
rostro, cuando llegaba a encontrarme con ella en las repenti-
nas curvas del camino. No estaba seguro de que fuera hermosa, aunque con el pasar del tiempo comencé a creerlo. Pero en
ese tiempo su belleza era eclipsada por una invariable tristeza;
un rostro pálido, sereno y resignado lleno de sufrimiento, que
irresistiblemente me atrajo, no con amor, pero con una clase de
infinita compasión para alguien tan joven pero tan desesperan-
zadamente infeliz. Su acompañante parecía padecer algo similar; una silenciosa melancolía, desesperanza y, sin embargo, re-
signación. Le pregunté al dueño de la pensión sobre ellas. Él dijo
que ellas eran las Clarke, y deseaban ser consideradas madre e
hija; pero, por su parte, no creía que ese fuera su apellido, o que
existiera tal relación entre ellas. Ellas habían estado viviendo en
el pueblo de Harrogate durante algún tiempo, alojándose en una
apartada caza de labranza. Las personas del pueblo no tenían
opinión alguna sobre ellas; pagaban generosamente, y no hacían ningún daño, así que, ¿por qué deberían estar hablando de
los extraños sucesos que pudieran estar ocurriendo? Esto, y el
cómo él solía observar la situación sagazmente, mostraba que
había algo fuera de lo común; él había oído que la vieja mujer
era prima del granjero donde se alojaban, por lo que tal relación
podría ayudar a mantenerlos tranquilos.

—¿Cuál cree entonces que era el motivo de su extremo aislamiento? —pregunté.

No, él no podía decirlo… no él. Él había escuchado que la joven mujer, «a pesar de que parecía tranquila, hacía extrañas bromas de vez en cuando». Él negó con su cabeza cuando le pregunté por más información, y no quiso decirme más, lo que me hizo dudar de si él sabía algo más, pues era un hombre muy hablador y comunicativo. A falta de otros intereses, después de que mi tío se fue me propuse a mí mismo observar a estas dos personas. Merodeaba durante sus paseos, atraído hacia ellas con una extraña fascinación, tal fascinación no disminuyó a pesar de su evidente molestia al encontrarse conmigo tan frecuentemente. Un día, tuve la inoportuna suerte de estar cerca cuando se alarmaron por el ataque de un toro, pues era un evento particularmente peligroso en esas zonas de pastoreo sin cercar. Tengo otras cosas aún más importantes que contar que el incidente que me dio la oportunidad de rescatarlas, es suficiente decir que este evento fue el inicio de nuestra relación, aceptada de mala gana por su parte, pero ansiosamente deseada por mí. Apenas puedo distinguir cuando la intensa curiosidad se convirtió en amor, pero en menos de diez días, después de la partida de mi tío, estaba apasionadamente loco por la señorita Lucy, como su ayudante solía llamarle; por lo que pude notar, evitaba cuidadosamente cualquier manera de dirigirse a ella que hiciera parecer que había una igualdad de posición entre ellas. También pude notar que la señora Clarke, la mujer mayor, después de haber superado su renuencia a permitirme pagarles toda atención, estaba feliz de mi evidente apego a la joven mujer; parecía haber aligerado la pesada carga que era cuidarla, y era evidente que le agradaban mis visitas a la granja donde se alojaban. Pero no era el mismo caso con Lucy —la persona más atractiva que he visto, a pesar de su estado depresivo y su constante evasión hacia mi persona—. Inmediatamente tuve la certeza que, fuere cual fuere el origen de su dolor, no era culpa suya. Era muy difícil entablar una conversación con ella, pero a veces, por un momento u otro, lograba hacerle hablar, podía ver una excepcional inteligencia en su rostro, y una seria y confiable mirada en aquellos suaves y grises ojos que alcanzaban a los míos por instantes. Yo buscaba cualquier excusa posible para ir allá. Busqué flores silvestres para Lucy, planeaba paseos para Lucy, miraba al cielo durante la noche, con la esperanza de encontrar algo inusualmente bello en el cielo que justificara incitar a la señora Clarke y a Lucy a salir a los páramos y juntos contemplar ese bello domo púrpura.

Me parecía que Lucy era consciente de mi amor, pero que, por algún motivo que no podía adivinar, ella me rechazaría. Pero luego vi, o creí ver, que su corazón hablaba a mi favor y que había una lucha ocurriendo en su mente, por lo cual estuve a punto de rogarle, en repetidas ocasiones, para que dejara de luchar (la amaba tanto), aun si esto significaba que la felicidad de toda mi vida fuera sacrificada, pues su cara se volvía más gris, y el aspecto de su pena más desesperanzado, y su delicada complexión aún más delgada. Durante este tiempo le escribí a mi tío para rogarle que me permitiera quedarme en Harrogate más tiempo, sin darle explicación alguna, pero como me tenía tanto cariño, en un par de días escuché de él, dándome permiso y pidiéndome que me cuidara y que no hiciera mucho esfuerzo durante el caluroso clima.

Una bochornosa tarde me acerqué a la granja. Las ventanas de su sala estaban abiertas y escuché voces cuando doblé la esquina de la casa, mientras pasaba la primera ventana (había dos ventanas en su pequeño cuarto en planta baja). Pude ver a Lucy claramente, pero cuando toqué su puerta (la puerta de su casa siempre estaba entreabierta) ella ya se había ido y solo pude ver a la señora Clarke moviendo los objetos de trabajo que se encontraban en la mesa, nerviosamente y sin propósito alguno. Pude presentir que se avecinaba una conversación de importancia, en la que seguramente esperaban que expresara el objeto de mis constantes visitas. Estaba feliz por la oportunidad. Mi tío había aludido a la agradable posibilidad de que llevara a casa a una joven esposa, para alegrar y adornar la vieja casa en la calle Ormond. Él era rico y sería yo quien lo sucediera, y yo tenía una buena reputación para ser un abogado tan joven. Así que de mi parte no veía obstáculo alguno. Era verdad que Lucy estaba envuelta en misterio; su nombre (el cual estaba convencido que no era Clarke), nacimiento, su familia, y una vida previa me eran desconocidos. Pero yo estaba seguro de su bondad y su dulce inocencia, y aunque sabía que había algo doloroso que debía ser contado, que explicaría su lúgubre tristeza, aun así, estaba dispuesto a compartir su dolor, lo que fuese.

La señora Clarke empezó a decir, como si fuera un alivio para ella hablar del tema:

—Habíamos pensado, o al menos yo pensé, que usted conocía muy poco de nosotras, y nosotras de usted, de hecho, no lo suficiente como para justificar la íntima relación que hemos desarrollado. Disculpe, señor —continuó un tanto nerviosa—, pero solo soy una simple mujer y no quiero ser grosera, pero debo de decirle sin rodeos que yo, nosotras, pensamos que sería mejor que dejara de visitarnos tan a menudo. Ella está muy desprotegida y...

—¿Por qué debería dejar de visitarlas, querida señora? —le pregunté ansiosamente, feliz de tener la oportunidad de explicar mis motivos—. Reconozco que vengo aquí porque he aprendido a amar a la señorita Lucy y deseo enseñarle a amarme.

La señora Clarke negó con la cabeza, y suspiró.

—¡No lo haga, no la ame y por el amor de Dios, no le enseñe como amarlo! Si se lo estoy diciendo muy tarde y usted ya la ama, olvídela, olvide estas últimas semanas. ¡Ay, Dios! ¡Nunca debí permitirle venir! —dijo apasionadamente—. ¿Pero qué podía hacer? Estamos abandonadas por todos, a excepción de nuestro gran Dios, e incluso Él permite que un extraño y maligno poder nos aflija. ¡Qué debería hacer! ¿Cuándo va a terminar? —Apretó sus manos de la angustia, y luego se volteó para verme, diciendo—: ¡Lárguese! Váyase lejos antes de que aprenda a preocuparse más por ella. Se lo pido por su propio bien, ¡se lo imploro! Usted ha sido bueno y amable con nosotras, y lo recordaremos por siempre con gratitud, pero váyase ya, ¡y no vuelva a cruzarse en nuestro fatal camino!

—De hecho, señora —le dije—, no haré tal cosa. Usted insiste que es por mi propio bien. No tengo miedo, y de hecho deseo, ansío, escuchar más sobre todo esto. No pude haber visto a la señorita Lucy en toda la intimidad de las últimas dos semanas sin reconocer su bondad e inocencia, y sin ver, con su perdón, que hay alguna razón por la que ustedes dos son unas mujeres solitarias y están envueltas en una misteriosa pena y angustia. Ahora, si bien no soy alguien poderoso, tengo amigos que son tan sabios y amables que se podría decir que poseen poder. Cuénteme algunos detalles. ¿Por qué están en pena? ¿Cuál es su secreto? ¿Por qué están aquí? Declaro solemnemente que nada de lo que usted ha dicho ha desalentado mi deseo de convertirme en el esposo de Lucy, y como tal aspirante, no me acobardaré ante cualquier dificultad que se me interponga. Dicen que no tienen amigos, ¿por qué desechar a un amigo honesto? Le diré a qué personas les pueden escribir y quienes contestarán cualquier pregunta que tengan sobre mi carácter y mis perspectivas. No me rehúso a la indagación.

—Será mejor que se vaya, señor. Usted no sabe nada de nosotras —negó ella nuevamente.

—Sé sus nombres —le dije—, y la he oído referirse a la parte del país de donde viene como un lugar agreste y solitario. Yo sé que hay tan pocas personas viviendo ahí que, si decidiera ir allá, podría averiguar todo sobre ustedes fácilmente, pero preferiría oírlo de usted misma. —Podrán notar que quería provocar que ella me dijera algo definitivo.

—Usted no sabe nuestros verdaderos nombres — dijo ella rápidamente.

—Bueno, puede que yo lo haya conjeturado así. Pero entonces dígame, se lo ruego. Deme sus razones para desconfiar de mi firme disposición ante lo que he dicho sobre la señorita Lucy.

—¿Oh, qué puedo hacer? —exclamó—. ¿Y si estoy rechazando a un verdadero amigo, como él dice? ¡Quédese! —dijo, tomando una repentina decisión—. Pero déjeme decirle algo, no le puedo contar todo, no lo creería. Pero, quizás, le puedo decir lo suficiente para prevenir que continúe con este inútil apego. Yo no soy la madre de Lucy.

—Eso supuse, continúe.

—Ni siquiera sé si ella es la hija legítima de su padre. Pero él se volvió cruelmente en contra de ella y su madre murió hace mucho, y por una terrible razón, no hay otro ser en esta tierra que siga a su lado a excepción de mí. ¡Hace dos años ella era la adoración y el orgullo en la casa de su padre! Ay, señor, hay un misterio; podría suceder en cualquier momento en relación con ella, y luego usted se iría igual que todos. Y cuando usted vuelva a escuchar su nombre, la odiará. Otras personas que la han amado por mucho más tiempo lo han hecho ya. ¡Mi pobre pequeña! ¡Por quién ni Dios ni el hombre han tenido clemencia! ¡Oh, seguramente ella moriría!

La buena mujer se detuvo debido a su llanto. Confieso que estaba un tanto aturdido por sus últimas palabras, pero solo por un momento. En todo caso, hasta que supiera con certeza cuál era esa misteriosa mancha en alguien tan puro y simple, como parecía Lucy, no la dejaría. Así se lo dije, y me contestó:

—Si en su corazón usted es capaz de pensar mal de mi hija,

señor, después de conocerla como lo ha hecho, entonces no es un buen hombre, pero yo soy tan tonta e indefensa en mi gran dolor que esperaría encontrar a un amigo en usted. No puedo, no puedo evitar confiar en que, aunque ya no sienta esta atracción amorosa hacia ella, se compadezca de nosotras, y tal vez, con sus conocimientos podría decirnos donde encontrar ayuda.

—Le imploro que me diga cuál es el misterio —grité, casi enloqueciendo ante tal suspenso.

—No puedo —dijo ella, solemnemente—. Estoy bajo un profundo voto de silencio. Si alguien se lo cuenta, debe ser ella. —Se retiró del cuarto, y yo me quedé reflexionando sobre esta extraña entrevista. Hojeé mecánicamente un par de libros que se encontraban ahí, y sin despegar los ojos de los libros examiné las señales de la frecuente presencia de Lucy en esa habitación.

Cuando llegué a casa por la noche, recordé como todas estas pequeñeces hablaban de un corazón puro y tierno y una inocente vida. La señora Clarke regresó, había estado llorando tristemente.

—Sí —dijo ella—, es lo que me temía, ella le ama tanto que está dispuesta a correr el terrible riesgo de contarle todo ella misma, ella reconoce que hay pocas probabilidades, pero su simpatía será reconfortante, si se la brinda. Mañana, venga a las diez de la mañana, y así como usted espera compasión a la hora de su muerte, reprima cualquier miedo o repugnancia que pueda sentir hacia alguien gravemente afligido.

—No tengo miedo —le dije, esbozando una media sonrisa. Me parecía absurdo imaginar que pudiera sentir desagrado hacia Lucy.

—Su padre la amaba tanto —dijo seriamente—, y aún así la echó como si fuera una monstruosidad.

En ese momento una ruidosa risa vino del jardín. Era la voz de Lucy, se escuchaba como si estuviera parada justo al lado de la ventana abierta, pareciese como si de repente se regocijara de alegría, una alegría casi estruendosa, provocada por las palabras o acciones de otra persona. No sabría decir por qué, pero el sonido me molestó inexplicablemente. Ella sabía el tema de nuestra conversación y debía estar consciente al menos del estado de agitación en la que su amiga se encontraba, ella misma solía ser tan amable y tranquila. Me levanté a medias para ir a la ventana y satisfacer mi instintiva curiosidad, que había sido provocada por el estallido de esa carcajada, pero la señora Clarke usó todo su peso y la fuerza de su mano con la que me sujetó para que me mantuviera sentado.

—¡Por el amor de Dios! —exclamó, completamente pálida y temblorosa—, manténgase sentado y guarde silencio. ¡Oh! Sea paciente. Mañana lo sabrá todo. Déjenos, estamos sumamente afligidas. No busque saber más de nosotras.

Otra vez escuché esa risa, tan musical y aun así tan disonante para mi corazón. Ella me sujetó fuerte, cada vez más fuerte, no había manera que me levantara sin ser violento. Estaba sentado a espaldas de la ventana, pero sentí una sombra pasar entre el calor del sol y yo, y un extraño escalofrío recorrió mi cuerpo. Después de uno o dos minutos ella me soltó.

—Váyase —me repitió—. Hágame caso, se lo pido una vez más. No creo que pueda soportar saber aquello que usted busca. Si me hubiera escuchado antes, Lucy jamás hubiera cedido y nunca le hubiera prometido contarle todo. ¿Quién sabe que pueda pasar?

—Soy firme sobre mi deseo de saberlo todo. Regresaré mañana a las diez, y espero ver a la señorita Lucy.

Me di la vuelta, confieso que tuve mis propias suposiciones en cuanto a la cordura de la señora Clarke.

Conjeturaba en cuanto al significado de sus insinuaciones, y los extraños pensamientos conectados a esa extraña risa inundaban mi mente. No pude dormir. Me desperté temprano y mucho antes de la hora citada me encontraba en el camino que atravesaba el campo comunal que llevaba a la vieja granja donde se alojaban. Supongo que Lucy había pasado una noche similar a la mía, pues ahí estaba también, caminando lentamente con un paso constante, con la mirada baja y viéndose tan pura y santa. Se asustó cuando me acerqué a ella y palideció cuando le recordé nuestra cita, le hablé con impaciencia sobre los obstáculos que, al verla una vez más, habían regresado a mi mente. Todas esas raras y terribles insinuaciones y estruendosas carcajadas fueron olvidadas. Mi corazón estallaba en palabras de fuego y mi boca las pronunciaba. El color de su piel cambiaba mientras me escuchaba, pero cuando terminé mi apasionado discurso, ella me miró con sus suaves ojos y me dijo:

—Pero usted sabe que todavía hay algo que debe saber sobre mí. Solo quiero decirle algo; no pensaré mal de usted, quiero decir, no pensaré mal de usted, si usted, al igual que los demás, se va cuando lo sepa todo. ¡Espere! —dijo temerosa de que volviera otro ataque de locura—. Escúcheme. Mi padre era un hombre de gran riqueza. Nunca conocí a mi madre, debió morir cuando yo era muy pequeña. Cuando empecé a tener recuerdos, yo vivía en una gran y solitaria casa con mi adorada y leal señora Clarke. Mi padre no estaba, él era... él es un soldado y trabaja en el extranjero. Pero venía de vez en cuando, y creo que cada vez me amaba más y más. Me traía objetos extraños de tierras lejanas, que me muestran lo mucho que debía haber pensado en mí durante su ausencia. Me puedo sentar y medir la grandeza de su amor, ahora perdido, con estos criterios. En ese entonces nunca pensé si me amaba o no, era tan natural como el aire que respiraba. Él era un hombre que a veces se enojaba con facilidad, pero nunca conmigo. También era muy imprudente, en algunas ocasiones escuché murmurar a los sirvientes que una maldición lo perseguía, y que él lo sabía y trataba de ahogar tal pensamiento realizando actividades desenfrenadas, y en ocasiones, en vino. Así que crecí en una gran mansión, en aquel solitario lugar. Todo a mi alrededor parecía estar a mi disposición, y creo que todos me querían, es seguro que yo los amaba. Hace unos dos años, lo recuerdo bien, mi padre regresó a Inglaterra, a nosotras; él parecía tan orgulloso y satisfecho conmigo y todo lo que había hecho. Y un día parecía que se le soltó la lengua con el vino y me dijo cosas que no eran de mi conocimiento hasta ese momento, sobre lo mucho que había amado a mi madre y cómo sus imprudentes costumbres habían provocado su muerte, y luego me dijo que me amaba más que a cualquier otra criatura en la tierra y cómo deseaba que un día pudiera llevarme al extranjero, pues no podía soportar estar lejos de su única hija. Y de repente él parecía haber cambiado, me dijo de una manera un tanto extraña y agresiva que no creyera todo lo que dijo, que había cosas que amaba más que a mí, su caballo, su perro, y no sé qué más.

»Y fue en la siguiente mañana, cuando fui a su cuarto a pedirle su bendición como de costumbre, que él me recibió enfurecido con feroces palabras. Me preguntó: «¿Por qué me he divertido tanto haciendo travesuras sin sentido, bailando sobre los retoños del jardín que eran adornados por los famosos bulbos holandeses que él había traído de Holanda?». Yo no había salido de la mansión esa mañana, señor, y no podía entender a lo que se refería, y así se lo dije. Me insultó por mentirosa y me dijo que levantaba falso testimonio, pues él mismo me vio, con sus propios ojos, haciendo aquella travesura. ¿Qué podía decir? Él no me escuchaba e incluso mis lágrimas lo irritaban. Ese día fue el inicio de mis grandes penas. No mucho después, me reprochó por mi excesiva confianza hacia sus mozos, algo impropio de una dama. Me dijo que yo había estado en el establo, riendo y platicando. Ahora bien, soy algo cobarde ante la naturaleza, siempre le he temido a los caballos, además los sirvientes que mi padre traía del extranjero eran tipos salvajes, a quienes yo siempre evitaba y nunca les hablaba, a excepción de que fuera necesario. Aun así, mi padre me llamó por nombres cuyo significado desconozco, pero mi corazón me dijo que eran tales que avergonzarían a cualquier mujer modesta, y ese fue el día en que se volvió contra mí. No, señor, no muchas semanas después llegó con una fusta en mano, acusándome injustamente de actos maliciosos, de los cuales no tengo conocimiento, él estaba a punto de golpearme, y yo, con desconcertadas lágrimas, estaba lista para recibir sus golpes como una gran bondad en comparación con sus duras palabras, cuando detuvo su brazo abruptamente, dio un grito ahogado, se tambaleó y gritó: «¡La maldición! ¡La maldición!». Yo lo miré, aterrorizada. En el gran espejo frente a mí, me vi a mí misma, y detrás de mí había un ser malvado y temeroso, tan parecido a mí que mi alma parecía estremecerse en mis adentros, como si no supiera a qué semejanza de cuerpo pertenecía. Mi padre vio a mi doble en ese mismo momento, ya sea en su terrible realidad —fuese la que fuese— o en el reflejo del espejo, que era un poco menos aterradora. No puedo decir lo que pasó después de ese momento, pues me desvanecí de repente. Cuando volví en mí me encontraba acostada en mi cama, y mi leal Clarke estaba sentada a mi lado. Estuve en cama por días, e incluso mientras yacía ahí mi doble era visto por todos, revoloteando por toda la casa y en los jardines, siempre detrás de algo travieso o detestable. No es sorprendente que todo el mundo se alejó de mí con temor, que mi padre me desterrara, cuando la desgracia, de la que yo era culpable, superó su paciencia. La señora Clarke vino conmigo, y aquí estamos, intentando vivir esta vida de devoción y oración que con el tiempo me pueda liberar de la maldición.

Todo el tiempo que ella estuvo hablando, estuve sopesando su historia en mi mente. Hasta el momento había puesto los casos de brujería a un lado, como meras supersticiones; y mi tío y yo habíamos discutido muchas veces, él apoyándose en la opinión de su buen amigo Matthew Hale. Sin embargo, esto sonaba como la historia de un embrujo; ¿o simplemente era el efecto de la vida de extremo aislamiento delatando los nervios de una chica sensible? Mi escepticismo me inclinó a esta última idea, y cuando se detuvo le dije:

—Supongo que algún médico podría haber desengañado a su padre de sus creencias en las visiones.

En ese instante, estando frente a ella en la plena y perfecta luz de la mañana, vi detrás de ella otra figura, con un horrible parecido, completamente semejante —tanto en su forma, sus facciones y el más diminuto detalle de vestimenta— pero el alma de un asqueroso demonio salía de sus grises ojos, que a su vez eran burlones y voluptuosos. Mi corazón se detuvo, cada cabello se levantó, y mi piel se erizó de terror. No podía ver a la seria y dulce Lucy, mis ojos estaban fascinados por la criatura detrás de ella. No sé porque, pero extendí mi mano para tocarla, no agarré nada más que aire y se me heló la sangre. Por un momento no podía ver, pero cuando mi vista regresó, vi a Lucy frente a mí, sola, pálida como la muerte y, pude imaginarme, casi reducida en tamaño.

—¿ESO ha estado cerca de mí? —me dijo, como preguntándome.

Parecía que le habían arrebatado la voz, era tan ronca como las notas de un viejo clavecín cuando sus cuerdas han dejado de vibrar. Obtuvo su respuesta en mi cara, supongo, pues yo no podía hablar. Su mirada mostraba un miedo intenso, pero se desvaneció en el aspecto de la más humilde paciencia. Finalmente pareció obligarse a mirar detrás y a su alrededor; miró los morados páramos, las distantes colinas azules, estremeciéndose en la luz del sol, pero no vio nada.

—¿Me llevará a casa? —me dijo tímidamente.

Yo tomé su mano, y la llevé silenciosamente a través del creciente brezo, no nos atrevimos a hablar, porque no podíamos saber si aquella aterradora criatura estaba escuchando, aunque no la pudiéramos ver, pero ESO podría aparecer y separarnos. Y ese era el inmencionable misterio. Nunca la amé tanto como ahora, cuando la idea que tenía de ella se estaba mezclando inextricablemente con el pensamiento estremecedor de ESO. Ella parecía entender lo que debía estar sintiendo. Soltó mi mano, la que había sujetado hasta ese momento, cuando llegamos a la puerta del jardín, y se adentró para encontrarse con su ansiosa amiga que estaba parada junto a la ventana mirándola. Yo no podía entrar a la casa, necesitaba silencio, sociedad, ocio, un cambio, no sabía qué hacer para sacarme de encima la sensación de la presencia de esa criatura. Aún así, me quedé en el jardín, sin saber por qué, supongo que en parte era a propósito, porque temía encontrarme a la figura semejante nuevamente en el solitario campo, donde había desaparecido, y en parte por la inexplicable compasión que sentía por Lucy. Unos minutos después la señora Clarke salió y se unió a mí. Caminamos un tiempo en silencio.

—Lo sabe todo ahora —dijo solemnemente.

—Vi ESO —le dije, susurrando.

—Y ahora se alejará de nosotras —dijo, con una desesperanza que despertó toda valentía o bondad dentro de mí.

—Ni un poco —dije—, la piel humana se eriza al encontrarse con los poderes de la oscuridad. Y por alguna razón que desconozco, la pura y santa Lucy es su víctima.

—Los pecados de los padres recaerán en sus hijos —dijo ella.

—¿Quién es su padre? —le pregunté—. Sabiendo tanto como sé, seguramente puedo saber más, saberlo todo. Dígame, se lo pido, señora, todo lo que pueda decirme en relación con esta persecución demoniaca de alguien tan bueno.

—Lo haré, pero no ahora. Debo ir con Lucy ahora. Venga esta tarde, lo veré a solas y, ¡oh, señor!, ¡confío en que usted pueda encontrar alguna forma de sacarnos de este problema!

Me sentí miserablemente exhausto debido al mareo del miedo que se había apoderado de mí. Cuando llegué a la pensión, me tambaleé como alguien pasado de vino. Me fui a mi habitación. Pasó un tiempo antes de notar que el correo semanal había venido y había dejado cartas para mí. Una era de mi tío, otra era de mi casa en Devonshire, y otra, redirigida de la primera dirección y sellada con un gran escudo de armas, era de sir Philip Tempest, mi carta preguntando al respecto de Mary Fitzgerald le fue enviada a Lieja, donde el conde de la Tour d'Auvergne se encontraba en ese momento. Él recordaba a la hermosa empleada de la condesa, ella había tenido una fuerte discusión en cuanto a su relación con un inglés de buena posición, quien también era un oficial extranjero. La condesa veía maldad en sus intenciones, mientras Mary, orgullosa e intensa, aseguró que se casaría pronto con él, y resintió las advertencias de la dama. Por consecuente, ella dejó de servir a la señora de la Tour d'Auvergne; como creía el conde, se había ido a vivir con el inglés, pero no sabía si él se había casado con ella o no.

«Pero», agregaba sir Philip Tempest, «podrá saber más acerca de Mary Fitzgerald del mismo inglés, si es, como supongo, nada más y nada menos que mi vecino o antiguo camarada, el señor Gisborne, de Skipford Hall, en West Riding. Estoy convencido que es él, y ningún otro, por muchos pequeños detalles, ninguno de los cuales son concluyentes en sí mismos, pero que en conjunto proveen una masa de presunta evidencia. De lo poco que logré entender del dialecto del conde, Gisborne era el nombre del inglés. Yo sabía que el señor Gisborne de Skipford estaba en el extranjero realizando un servicio en ese tiempo, era un tipo suficientemente adecuado para tal proeza y, sobre todo, recuerdo ciertas expresiones que usó para referirse a la vieja Bridget Fitzgerald, de Coldholme, con quien se encontró una vez mientras se quedaba conmigo en la mansión Starkey. Recuerdo que aquella reunión parece haber producido un efecto extraordinario en su mente, como si de repente hubiera descubierto algún tipo de conexión que ella pudo haber tenido con su antigua vida. Le ruego que me deje saber si puedo servirle en alguna otra cosa. Su tío una vez me hizo un gran favor y estaré feliz de devolvérselo, en la medida de mis posibilidades, a su sobrino».

Parecía que ahora me encontraba a punto de descubrir lo que durante tantos meses me había esforzado en conseguir. Pero el éxito había perdido su sabor. Dejé mis cartas, parecía que las olvidé por completo al pensar en la mañana que había pasado ese mismo día. Nada parecía real, más que la irreal presencia, que había llegado como un mal fugaz a través de mis propios ojos, y que se consumió dentro de mi cerebro. La comida llegó, pero no fue consumida. Temprano por la tarde, caminé hacia la granja. Encontré a la señora Clarke sola, y yo estaba contento y aliviado. Ella evidentemente estaba preparada para contarme todo lo que yo deseara escuchar.

—Me preguntó por el apellido real de la señorita Lucy, es Gisborne —comenzó a decir.

—¿Gisborne de Skipford? —exclamé, anticipándome casi sin aliento.

—El mismo —me dijo, en voz baja, sin importarle mi actitud—. Su padre era un hombre de renombre, aunque, al ser un católico romano, no puede tomar el cargo que le corresponde en este país. Es por eso por lo que vive en el extranjero, me han dicho que ha sido un soldado.

—¿Y la madre de Lucy? —pregunté.

—Nunca la conocí —dijo, negando con su cabeza—, Lucy tenía alrededor de tres años cuando se me encomendó cuidar de ella. Su madre había muerto.

—¿Pero sabe su nombre? ¿Podría decirme si era Mary Fitzgerald?

Ella parecía estupefacta.

—Ese era su nombre. Pero ¿cómo usted puede estar tan familiarizado? Era un misterio para todos los de la casa de Skipford Court. Era una bella joven, quien fue alejada de sus protectores mientras se encontraba en el extranjero. He escuchado que él practicó un terrible engaño sobre ella, y cuando ella se enteró no pudo soportarlo y se escapó de sus brazos, se tiró en una corriente rápida y se ahogó. Le causó un gran remordimiento, pero solía pensar que el recuerdo de la cruel muerte de la madre hizo que amara a su hija más profundamente.

Le dije, con la brevedad posible, que estaba investigando sobre el descendiente y heredero de los Fitzgerald de Kildoon, y agregué, algo que vino de parte de mi viejo espíritu de abogacía en ese momento, que no tenía duda que debíamos probar el derecho que Lucy poseía sobre aquellas grandes tierras en Irlanda.

Su gris rostro no se ruborizó, no había luz en sus ojos.

—¿Y qué es toda la riqueza del mundo para esa pobre chica? No la liberará de aquel horrible embrujo que la persigue. Y por el dinero, ¡qué lamentable! No la puede ayudar.

—La malvada criatura no puede tampoco lastimarla —dije—, su sagrada naturaleza yace aparte y no puede ser ni profanada ni manchada por ninguna de las artes demoniacas del mundo entero.

—¡Correcto! Pero el cruel destino que es saber que todos, tarde o temprano, se alejarán de ella, por ser alguien poseída, alguien maldita...

—¿Cómo ocurrió?

—No lo sé. Hay viejos rumores que recorrieron la casa de Skipford.

—Cuéntemelos —le ordené.

—Venían de parte de los sirvientes, quienes gustosos contaban todo. Decían que años atrás, el señor Gisborne mató al perro de una vieja bruja en Coldholme, y que ella lo maldijo, con una terrible y misteriosa maldición a la criatura que más amara en esta vida, cualquiera que esta fuera. Y eso le impactó tan profundamente que por años se privó de toda tentación de amar. ¿Pero quién no amaría a Lucy?

—¿Alguna vez escuchó el nombre de aquella bruja? —le dije, agitadamente.

—Sí, la llamaban Bridget. Decían que él nunca más regresó a aquel lugar por el miedo que le tenía. ¡A pesar de ser un hombre valiente!

—Escuche —le dije, tomando su mano para poder tener su completa atención—, si mis sospechas son ciertas, ese hombre se robó a la hija única de Bridget, la misma Mary Fitzgerald, quien era la madre de Lucy. De ser así, Bridget lo maldijo, ignorante del profundo mal que él le había hecho. Hasta hoy ella añora a su hija perdida, y le pregunta a los santos si sigue viva o no. Las raíces de esa maldición son más profundas de lo que cree, inconscientemente lo maldijo por una culpa más profunda que el hecho de matar a una torpe bestia. Sin duda los pecados de los padres recaen en sus hijos.

—Pero —dijo la señora Clarke, entusiasmada— ¿ella no dejaría que tal maldición recaiga en su propia nieta? Por supuesto, si lo que dice es verdad, hay esperanzas para Lucy. Vayamos, vayamos de una vez, y digámosle a esa aterradora mujer todo lo que usted supone, supliquémosle que retire el hechizo que ha puesto sobre su inocente nieta.

Me parecía, realmente, que algo así sería el mejor camino que podíamos tomar. Pero primero era necesario confirmar lo que eran meros rumores o habladurías. Pensé en mi tío, él podría aconsejarme sabiamente, él debería saberlo todo. Organicé todo para ir a hablar con él sin demoras, pero decidí no contarle a la señora Clarke sobre todos los planes visionarios que inundaban mi mente. Simplemente le conté sobre mi intención de regresar a London para revisar los asuntos de Lucy. Le rogué que creyera que mis intereses por la joven eran más grandes que nunca y que debía dedicar todo mi tiempo a su causa. Noté que la señora Clarke no mostraba confianza, pues mi mente estaba llena de ideas como para que mis palabras fluyeran. Ella suspiró y negó con su cabeza, diciendo: «¡Bueno! ¡Está bien!», en un tono que implicaba reproche. Pero yo estaba firme y era constante en mi corazón, y decidí confiar en ello.

Viajé a Londres. Cabalgué por largos días que se prolongaban en las agradables noches de verano. No podía descansar. Llegué a Londres. Le conté todo a mi tío, aunque en el bullicio de la gran ciudad el terror se esfumó, y apenas podía imaginarme que mi tío creería la historia que le conté sobre el aterrador doble de Lucy que había visto en los solitarios páramos. Pero mi tío había vivido muchos años, y aprendió muchas cosas y, en los oscuros secretos de la historia familiar que él se había guardado, había escuchado casos de personas inocentes siendo embrujadas y que habían sido poseídas por espíritus aún peores que el de Lucy. Porque, por lo que dijo, considerando todo lo que le conté, el doble no tenía poder alguno sobre ella, ella era muy pura y buena como para ser corrompida por esta maligna y persistente presencia. Parecía que, según mi tío, ante todas las posibilidades, había intentado envolverla en pensamientos maliciosos he intentado tentarla a realizar retorcidas actividades, pero ella, en su santa doncellez, había logrado liberarse de malos pensamientos o acciones. No podía tocar su alma, pero sí que la alejaba de todo dulce amor o de las relaciones humanas comunes. Mi tío parecía tener la energía de alguien de veintiséis en vez de sesenta en la consideración de todo el caso. Tomó las pruebas del linaje de Lucy y se ofreció a ir y encontrar al señor Gisborne, y obtener, en primer lugar, pruebas legales de que ella es descendiente de los Fitzgerald de Kildoon y, en segundo lugar, intentar y oír todo lo que pudiera sobre la obra de la maldición, y si habían intentado exorcizar a la horrible aparición. Me contó de instancias en las que, con oraciones y largas horas de ayuno, el mal había sido expulsado entre aullidos y muchos gritos del cuerpo en el que habitaban, me habló sobre unos extraños casos que ocurrieron no hace mucho en Nueva Inglaterra; sobre el señor Defoe, quien había escrito un libro donde nombraba maneras de reprimir apariciones, y regresarlos a donde venían y, por último, me contó en voz baja sobre las terribles formas para lograr que las brujas deshagan sus maldiciones. Pero no pude soportar escuchar esas torturas y quemazones de brujas. Le dije que Bridget era en realidad una mujer silvestre y salvaje y no una bruja maligna y, sobre todo, Lucy era su sangre, y que, al enjuiciarla, en agua o en fuego, estaríamos torturando, e incluso matando, al ancestro de la mujer a quien queríamos redimir.

Mi tío se quedó pensando unos momentos, y luego dijo que en esto último yo estaba en lo correcto: de ninguna forma debería intentarse, sin su consentimiento, hasta que todos los otros métodos hayan fallado; y accedió a mi propuesta de que yo mismo debía ir a ver a Bridget y decirle todo.

Y así fue, me dirigí una vez más a la pensión cercana a Coldholme. Era de noche cuando llegué allá; y mientras cenaba, le pedí al dueño más información sobre el estilo de vida de Bridget. Por muchos años su vida había sido solitaria y salvaje. Sus palabras y modales hacia las pocas personas que se cruzaban en su camino eran feroces y déspotas. Los campesinos cumplían sus imperiosas órdenes pues temían desobedecerle. Si cumplían, prosperaban; si, por el contrario, ellos descuidaban o no atendían sus deseos, la desgracia, grande o pequeña, llegaba a su vida y a la de los suyos. No la odiaban, más bien les despertaba un terror indefinible.

Por la mañana fui a verla. Estaba parada en el pasto fuera de su cabaña, y me recibió con la taciturna magnificencia de una rcina sin trono. Pude ver en su rostro que me reconoció, y que era bienvenido; pero se mantuvo callada hasta que le di mi mensaje.

Tengo noticias de su hija —le dije, dispuesto a decirle directamente todo lo que yo sabía de quien ella amaba y ahorrarle sufrimiento—. ¡Está muerta!

Su rígida figura apenas tembló, pero su mano buscó apoyo en el marco de la puerta.

—Sabía que estaba muerta —dijo con un tono grave y bajo,

y luego se quedó en silencio por un momento—. Las lágrimas que debería haber derramado por ella se secaron hace muchos años. Joven, cuénteme sobre ella.

Todavía no —le dije, sintiendo en mí una extraña fuerza para enfrentar a quien, sin embargo, temía en lo más secreto de mi alma.

»Usted tuvo un pequeño perro —continué. Estas palabras le causaron más emoción que la muerte de su hija.

—¡Lo tuve! —me interrumpió—. Era de ella, lo último que me quedaba de ella; ¡y le dispararon perversamente! Murió en mis brazos. El hombre que mató al perro lo lamenta hasta el día de hoy. Gracias a la sangre de aquella torpe criatura, la persona que él más ama está maldita.

Sus ojos se dilataron, como si hubiera entrado en trance y pudiera ver el funcionamiento de su maldición. Volví a hablar:

—¡Oh, señora! —le dije—. Esa persona, a quién él más ama, y que está maldita ante los hombres, es su nieta.

La vida, la energía, la pasión regresaron a sus ojos, y con ellos atravesó mi alma para saber si yo hablaba con la verdad; luego, sin ninguna otra pregunta o palabra, se tiró al piso con temerosa vehemencia y se aferró a las inocentes margaritas con sus temblorosas manos.

—¡Hueso de mis huesos, carne de mi carne! ¿Yo te he maldecido; y estás maldita?

Y gimoteó, mientras yacía postrada en su gran agonía. Me quedé horrorizado ante mi propia obra. Ella no escuchó mis frases entrecortadas; no preguntó nada más, pero mis tristes ojos le habían confirmado aquel hecho, que su maldición había caído sobre su propia nieta. En mí creció el miedo de que ella tuviera que morir en su lucha de cuerpo y alma; y entonces, ¿Lucy permanecería bajo el hechizo por el resto de su vida?

En ese momento, vi a Lucy salir del bosque, por el camino que llevaba a la cabaña de Bridget; la señora Clarke estaba con ella: sentí en el fondo de mi corazón que era ella, por la agradable paz en su mirada mientras la veía avanzar lentamente, con una grata sorpresa que resplandecía en sus tiernos y tranquilos ojos. Eso mientras sus ojos se encontraban con los míos. Cuando su mirada se dirigió a la mujer rígida en el piso, convulsionándose en la tierra, sus ojos se llenaron de dulce lástima; y se acercó a intentar ayudarla. Se sentó en el pasto, acomodó la cabeza de Bridget en su regazo; y con pequeñas caricias, arregló el desarreglado cabello gris que caía abundante y salvaje sobre su cara.

—¡Dios, ayúdala! ¡Mira como sufre! —murmuró Lucy.

Ante su deseo fuimos a buscar agua; pero cuando regresamos, Bridget ya había recuperado sus errantes sentidos, y estaba hincada frente a Lucy con las manos juntas, mirando aquella dulce y triste cara como si su turbulenta naturaleza pudiera beber salud y paz de ese momento de contemplación. Un leve tinte en las pálidas mejillas de Lucy me hizo saber que ella estaba consiente de nuestro regreso; por otra parte, parecía que ella era consciente de su influencia positiva sobre la apasionada y afligida mujer que se encontraba hincada frente a ella, y no estaba dispuesta a apartar su seria y amorosa mirada de aquel arrugado y agobiado rostro.

De repente, en un abrir y cerrar de ojos, la criatura apareció, ahí, detrás de Lucy; su apariencia exterior era aterradoramente igual, pero hincándose de la misma manera que Bridget, y juntando sus manos, en un mimetismo burlón, como Bridget juntaba las suyas en un éxtasis que se profundizaba en una oración. La señora Clarke se quejó con fuerza; Bridget se levantó lentamente, y fijó su mirada en la criatura: respirando con dificultad, sin mover nunca sus terribles ojos, que estaban tan firmes como una roca, ella lanzó rápidamente su mano sobre el fantasma, y atrapó, al igual que me había sucedido, un simple puñado de aire. Y ya no vimos a la criatura; desapareció tan rápidamente como llegó, pero Bridget siguió mirando lentamente, como si estuviera viendo la figura alejarse. Lucy se quedó quieta, pálida, temblando, decaída; yo creo que se hubiera desmayado si yo no hubiera estado ahí para sostenerla. Mientras la asistía, Bridget pasó a un lado de nosotros, sin decirle nada a nadie, y al adentrarse a su cabaña, se encerró dentro de ella y nos dejó fuera.

Todos nuestros esfuerzos estaban ahora dirigidos a llevar a Lucy de regreso a la casa donde se había quedado la noche anterior. La señora Clarke me dijo que al no escuchar de mí (alguna carta debió haberse perdido) se comenzó a sentir impaciente y desesperanzada, y le había instado a Lucy a tomar la iniciativa de venir a buscar a su abuela; sin contarle, claro, de la temible reputación que tenía, ni de las sospechas que teníamos de que ella había dañado tan terriblemente a esa inocente muchacha; pero, al mismo tiempo, esperábamos demasiado de la misteriosa relación de sangre, en la que la señora Clarke confiaba para retirar la maldición. Ellas vinieron por una ruta distinta a la que yo había tomado, de una pensión de un pueblo no tan lejano a Coldholme, justo la noche anterior. Ese fue el primer encuentro entre ancestro y descendiente.

Durante la abrasadora tarde deambulé a lo largo de los enredados matorrales del viejo y abandonado bosque, pensando en dónde buscar respuesta a un caso tan complicado y misterioso. Me encontré con un campesino y le pregunté el camino hacia el clérigo más cercano, y fui, esperando obtener algún consejo de él. Pero resultó ser un hombre tosco y de mente cerrada, sin prestarle atención a la complejidad del asunto, y formulando rápidamente una fuerte opinión que implicaba acción inmediata. Por ejemplo, tan pronto como nombré a Bridget Fitzgerald, exclamó:

—¡La bruja de Coldholme! ¡La papista irlandesa! Yo ya la habría hundido desde hace mucho si no fuera por ese otro papista, sir Philip Tempest. Él ha amenazado a la gente honesta de aquí en repetidas ocasiones o ya la habrían llevado ante la justicia por sus oscuras obras. ¡Y es ley que las brujas deben ser quemadas! ¡Ah, y también está en las sagradas escrituras, señor! Aun así, usted puede ver que un papista, si es un hacendado rico, puede pasar por encima de ambas, la ley y las Sagradas Escrituras. ¡Yo mismo tomaría un haz para librar al país de ella!

Alguien así no me podría ayudar. Me retracté de lo que ya había dicho; e intenté hacer que el clérigo lo olvidara, le invité varias jarras de cerveza en la pensión del pueblo, a la que nos trasladamos para tener nuestra plática, por sugerencia suya. Lo dejé tan pronto como pude y regresé a Coldholme, pasando por la abandonada mansión Starkey, y me encontré con la parte trasera. En ese lugar estaban los restos oblongos del antiguo foso, cuyas aguas yacían serenas e inmóviles bajo los rayos carmesís del atardecer; con árboles forestales en los costados, su follaje era de un intenso verde que se reflejaba en un tono más oscuro en la superficie bruñida del foso; y el reloj solar roto en el extremo más cercano al hall; y la garza, parada sobre una de sus patas a la orilla del agua, buscando pescados perezosamente; la desolada y solitaria casa solo necesitaba las ventanas rotas, la hierba mala en el umbral de la puerta, y la contraventana rota meciéndose suavemente ante la brisa del crepúsculo, para crear la imagen completa de abandono y decadencia. Permanecí en el lugar hasta que la creciente oscuridad me hizo sentir que era tiempo de irme. Luego tomé el sendero, creado por órdenes de la última dama de la mansión Starkey, que me condujo a la cabaña de Bridget. Decidí ir inmediatamente a verla; y, a pesar de que las puertas estuvieran cerradas —quizás a propósito— ella me vería. Así que toqué a su puerta, suave, fuerte, ferozmente. Toqué tan intensamente que con el tiempo las viejas bisagras cedieron, y la puerta cayó de golpe hacia adentro, encontrándome repentinamente cara a cara con Bridget... Yo, rojo, acalorado, y agitado por mis largos y frustrados esfuerzos... ella, rígida como una piedra, parada frente a mí, sus ojos dilatados por el terror, sus labios cenizos temblando, pero su cuerpo se encontraba inmóvil. En sus manos sostenía un crucifijo, como si con ese sagrado símbolo ella quisiera detener mi entrada. Al verme, todo su cuerpo se relajó y se dejó caer en una silla. Un poco de aquella intensa tensión se había ido. Aun así, sus ojos miraban temerosos a la oscuridad de aire exterior, que se hacía más opaco por el destello de la lámpara que se encontraba en el interior, frente a la figura de la Virgen.

—¿Ella está allí? —preguntó Bridget con voz ronca.

—¡No! ¿Quién? Estoy solo. Usted me recuerda.

—Sí —me respondió, aún afligida por el terror—. Pero ella, esa criatura, me ha estado mirando a través de la ventana todo el día. La cubrí con mi chal; y luego vi sus pies debajo de la puerta, mientras había luz, y yo sabía que ella oía mi respiración. No, aún peor, mis oraciones; yo no podía orar, el que ella escuchara ahogaba mis palabras antes de que salieran de mis labios. Dígame, ¿quién es ella?, ¿qué significan esas mujeres idénticas que vi esta mañana? Una tenía la mirada de mi difunta Mary; pero la otra me heló la sangre, ¡pero eran idénticas!

Ella había tomado mi brazo, como si quisiera asegurarse de tener compañía humana. Todo su cuerpo tembló con un leve pero incesante e intenso terror. Le conté mi historia, de la misma manera que te la he contado a ti, sin escatimar detalles.

Cómo la señora Clarke me había informado que la criatura idéntica había alejado a Lucy de la casa de su padre, cómo yo había sido escéptico, hasta que, con mis propios ojos, había visto otra Lucy parada detrás de mi Lucy, con el mismo cuerpo y sus mismos rasgos, pero con aquella alma demoniaca en sus ojos. Le conté todo, creyendo que ella —cuya maldición obraba en la vida de su inocente nieta— era la única persona que podría encontrar el remedio y la redención. Cuando terminé de contarle, ella permaneció sentada en silencio por varios minutos.

—¿Usted ama a la hija de Mary? —me preguntó.

—Así es, a pesar del aterrador efecto de la maldición, la amo. Sin embargo, me he apartado de ella desde aquel día en los páramos. Y los hombres deben apartarse de alguien así acompañado; nosotros, amigos y amantes debemos estar apartados. ¡Oh, Bridget Fitzgerald! ¡Deshaga la maldición! ¡Libérela!

—¿Dónde está ella?

Efusivamente tuve la idea de que su presencia era necesaria, para que, por medio de alguna extraña oración o exorcismo, el hechizo pudiera revertirse.

—Iré por ella y se la traeré —exclamé. Bridget apretó mi brazo con más fuerza.

—No —dijo ella, en un tono bajo y ronco—. Me mataría volver a verla como la vi esta mañana. Y debo vivir hasta que haya hecho mi trabajo. ¡Déjeme sola! —me dijo, repentinamente, tomando nuevamente el crucifijo—. Yo desafío al demonio que he invocado. ¡Déjeme pelear con él!

Se puso de pie, como si estuviera en un éxtasis de inspiración, que desvaneció todo el miedo. Me quedé ahí, difícilmente puedo decir el porqué, hasta que una vez más ella me pidió que me fuera. Mientras iba por el camino del bosque, miré hacia atrás, y la vi enterrando el crucifijo en el vacío umbral, donde había estado la puerta.

A la mañana siguiente Lucy y yo fuimos a buscarla, para pedirle que unificáramos nuestras oraciones. La cabaña se encontraba abierta de par a par. No había nadie dentro: el crucifijo seguía en el umbral, pero Bridget había desaparecido.

CAPITULO III

¿Qué debíamos hacer ahora? Fue la pregunta que me hice a mí mismo. Por su parte, Lucy se hubiera sometido al destino que caía sobre ella. Su gentileza y devoción, bajo la presión de una vida tan horrible, me parecían excesivamente pasivas. Ella nunca se quejó. La señora Clarke se quejó más que nunca. Y por mi parte, estaba más enamorado que nunca de la verdadera Lucy; pero aquella falsa doble me apartaba de ella con una intensidad proporcional a mi amor. Instintivamente me di cuenta de que la señora Clarke había estado tentada a dejar a Lucy en varias ocasiones. Los nervios de esta buena mujer estaban de punta y, por lo que ella dijo, llegué a la conclusión de que el objetivo de la doble era alejar de Lucy a su última y más antigua amiga. A veces, apenas si podía soportar aceptarlo, pero yo mismo me sentía inclinado a desertar y acusaba a Lucy de ser demasiado paciente, de ser demasiado resignada. Uno tras otro, se ganó a los pequeños niños de Coldholme. (La señora Clarke y ella decidieron quedarse ahí, pues ¿no era ese un lugar tan bueno como cualquier otro, para personas como ellas? Y, ¿acaso no todas nuestras débiles esperanzas dependían de Bridget, de quien nunca habíamos vuelto a escuchar, pero en quien confiábamos que volvería o daría alguna señal?). Como decía, uno tras otro, los pequeños niños se acercaron a mi Lucy, conquistados por su tono dulce, su cálida sonrisa y sus amables acciones. ¡Ay! Uno por uno se disiparon, y se apartaron de su camino con gran pavor: y nosotros adivinamos con seguridad la razón. Fue la gota que derramó el vaso. Ya no lo podía soportar más. Decidí no quedarme más tiempo y volver con mi tío, y de la mano de los letrados teólogos de Londres buscar algún poder que lograra anular la maldición.

Mientras tanto mi tío, a través de los abogados irlandeses y el señor Gisborne, había conseguido todos los testimonios necesarios en relación con el linaje de Lucy y su nacimiento. Este último caballero había escrito desde el extranjero (estaba sirviendo nuevamente en el ejército austriaco) una carta en la que alternaba entre apasionadas críticas a su persona y una repulsión estoica. Era evidente que cuando pensaba en Mary, en su corta vida, en cómo le había hecho daño, y su violenta muerte, él a duras penas podía encontrar palabras lo suficientemente severas para su propio comportamiento; y desde su punto de vista, la maldición que Bridget había puesto sobre él y su hija, él lo consideró cómo un profético destino, que la declaración de ella había sido persuadida por una fuerza superior, funcionando para cumplir una venganza más profunda que la muerte del pobre perro. Pero entonces, de nuevo, cuando comenzó a hablar de su hija, la repugnancia que había provocado en su mente el comportamiento de la criatura demoniaca no cubría su profunda indiferencia respecto al destino de Lucy. Uno podía casi percibir que él hubiera estado tan contento por la desaparición de ella como lo habría estado por destruir algún asqueroso reptil que hubiera invadido su habitación o su sofá.

La gran propiedad de los Fitzgerald era de Lucy, y eso era todo; era nada.

Una noche de noviembre, en Londres, mi tío y yo nos sentamos bajo la penumbra, en nuestra casa en Ormond Street. Yo estaba enfermo, y sentía como si me encontrara en un inextricable bucle de miseria. Lucy y yo nos escribíamos mutuamente, pero eso era todo; no nos atrevíamos a vernos por temor a la aterradora tercera, quien había aparecido en más de una ocasión en nuestros encuentros. En ese día del que hablo, mi tío había pedido que en el siguiente Shabat se hiciera oración en múltiples iglesias y casas de reunión de Londres, por una persona gravemente atormentada por un espíritu maligno. Él tenía fe en las oraciones, yo no la tenía; estaba perdiendo rápidamente fe en todas las cosas. Así que nos sentamos —él intentaba despertar mi interés en las viejas pláticas de antes, a mí me oprimía un pensamiento—, cuando nuestro antiguo sirviente, Anthony, abrió la puerta y, sin decir palabra, presentó de una manera caballerosa e impresiva a un hombre que tenía algo extraordinario en su vestimenta, revelando su profesión como sacerdote católico romano. Él miró a mi tío primero, y luego a mí. Me saludó con una reverencia.

—No di mi nombre, porque usted difícilmente lo reconocería; a menos que usted, señor, ¿haya escuchado del padre Bernard, en el norte, el capellán de Stoney Hurst? —dijo él.

Después recordé que había escuchado de él, pero en ese momento lo había olvidado por completo; así que me presenté como un completo extraño para él, mientras que mi siempre hospitalario tío, a pesar de que odiaba a los papistas tanto como estaba en su naturaleza odiar todo, colocó una silla para la visita y le pidió a Anthony que trajera unos vasos y una jarra de clarete nueva.

El padre Bernard recibió esta cortesía con elegancia y grata cordialidad, dignas de un hombre de mundo. Y luego me escaneó con su mirada penetrante. Después de entablar una pequeña conversación, estoy seguro, con la intención de descubrir los términos de confianza que tenía con mi tío, él hizo una pausa y dijo seriamente:

—He sido enviado con un mensaje para usted, señor, de parte de una mujer a quien usted ha mostrado bondad, y quien es una de mis penitentes en Amberes, llamada Bridget Fitzgerald.

—¡Bridget Fitzgerald! —exclamé—. ¿En Amberes? Dígame todo lo que sabe de ella, señor.

—Hay mucho que decir —respondió— pero ¿puedo preguntar si este caballero, si su tío, está familiarizado con el tema del que usted y yo estamos informados?

—Todo lo que sé, él lo sabe —dije yo, poniendo impacientemente mi mano sobre el brazo de mi tío, mientras él parecía querer salir de la habitación.

—Entonces debo de hablar frente a ustedes dos, quienes, sin importar que su fe difiera de la mía, están completamente impactados por el hecho de que hay fuerzas malignas que continuamente buscan tomar conciencia de nuestros malos pensamientos y, si su maestro les da poder, traerlos a acción manifiesta. Esta es mi teoría de la naturaleza de este pecado, de la cual no me atrevo a dudar como algunos escépticos desearían que hiciéramos: el pecado de la brujería. De este pecado mortal, ustedes y yo estamos conscientes, que Bridget Fitzgerald ha sido culpable. Desde la última vez que ustedes la vieron, se han ofrecido múltiples oraciones en nuestras iglesias, en muchas misas se han cantado, se han cumplido muchas penitencias, para que, si así era la voluntad de Dios y los santos espíritus, se borrara su pecado. Pero no ha sido así.

—Explíqueme —le dije—. ¿Quién es usted y cómo es que usted está conectado a Bridget? ¿Porque está ella en Amberes? Le ruego, señor, dígame más. Si soy impaciente, le pido una disculpa; estoy enfermo y tengo fiebre, y por eso me encuentro desorientado.

Había algo inexplicablemente reconfortante en el tono de voz en el que empezó a relatar, como si conociera a Bridget desde antes.

—Conocí al señor y la señora Starkey durante mi residencia en el extranjero, y sucedió naturalmente que, cuando llegué como capellán para los sherburnianos en Stoney Hurst, nuestra relación fue renovada, y así fue como me convertí en el confesor de toda la familia, dado que estaban aislados de los oficios de la Iglesia; Sherburne era el vecino más cercano que profesaba la fe verdadera. Por supuesto, estamos conscientes que los hechos revelados en confesión están sellados bajo sepultura; pero he aprendido lo suficiente del carácter de Bridget para estar convencido que no trataba con una mujer común; una mujer poderosa, tanto para el bien como para el mal. Creo que pude darle asistencia espiritual ocasionalmente y que ella me veía como un servidor de la santa iglesia, que tiene el maravilloso poder de mover los corazones de los hombres, y mitigar la carga de sus pecados. Reconozco que ella ha cruzado los páramos en las tempestuosas noches de tormenta, para confesarse y ser absuelta; y luego regresaba a casa, tranquila y sumisa, a su trabajo diario con su señora, sin que nadie supiera donde había estado durante las horas que la mayoría se encontraba durmiendo en sus camas. Después de que su hija se fue, después de la misteriosa desaparición de Mary, tuve que imponerle muchas y largas penitencias, para poder absolver el pecado de la impaciente queja que la dirigía rápidamente a cometer una profunda blasfemia. Ella partió en aquel largo viaje del que ustedes probablemente han escuchado, ese infructífero viaje en búsqueda de Mary y, durante su ausencia, mis superiores ordenaron mi regreso a mis labores en Amberes, y por muchos años no escuche más de Bridget.

»No hace muchos meses, iba camino a casa por la tarde, a lo largo de una calle cercana a San Jaime, que conduce a Meer Straet, y vi a una mujer sentada en cuclillas bajo el santuario de Nuestra Señora de los Dolores. Su capucha le cubría la cabeza, por lo que la sombra creada por la lámpara sobre ella caía profundamente sobre su rostro, sus manos se entrelazaban, rodeando sus rodillas. Era evidente que ella se encontraba desesperanzada, y era mi deber detenerme y hablar con ella. Naturalmente, me dirigí a ella en flamenco, creyendo que pertenecía a la clase baja de los pobladores. Ella negó con su cabeza, pero no subió la mirada. Luego intenté en francés, y ella respondió en ese idioma, pero hablándolo indiferentemente, así, yo estaba seguro de que ella era o inglesa o irlandesa, y entonces le hablé en mi lengua nativa. Ella reconoció mi voz, y se levantó inmediatamente, tomándome de la túnica y arrastrándome ante el santuario bendito, arrojándose al suelo y forzándome, tanto por su evidente deseo como con sus acciones, a arrodillarme junto a ella, y exclamó:

»«¡Oh, Virgen bendita! Tú nunca volverás a escucharme, pero escúchalo a él; tú lo conoces desde hace mucho tiempo, que él cumple a tu llamado, y trata de sanar los corazones rotos. ¡Escúchalo!».

»Ella volteó para verme.

»«Ella lo escuchará, tan solo si usted ora. Ella nunca *me* oye. Ella y todos los santos en el cielo no pueden escuchar mis plegarias, pues el Maligno las aparta, como se llevó aquella primera. ¡Oh, padre Bernard, ore por mí!».

»Oré por alguien que se encontraba en grave apuro, cuya naturaleza no podía nombrar, pero la Virgen bendita lo sabría. Bridget me tomó la mano rápidamente, respirando ansiosamente y con dificultad al escuchar mis palabras. Cuando terminé, me levanté y haciendo sobre ella la señal de la cruz, le di la bendición en nombre de la santa iglesia, cuando ella se apartó como si fuera una criatura aterrada y dijo:

»«Soy culpable de pecado mortal, y no estoy confesada».

»Levántate, hija mía y ven conmigo —le dije. Y nos dirigimos a uno de los confesionarios de San Jaime.

»Se arrodilló; yo escuché. No salió ni una sola palabra. Los poderes malignos la dejaron muda, y por lo que escuché después, lo habían hecho muchas veces antes, cuando se acercaba a confesarse.

»Ella era muy pobre como para pagar por el exorcismo necesario; y hasta el momento, los sacerdotes a los que se había dirigido o eran ignorantes del significado de su mal francés o su inglés irlandés, o bien la consideraban una loca; de hecho, su comportamiento agitado y salvaje puede llevar a cualquier persona a pensar lo mismo, habían descuidado el medio para aflojar su lengua, para que ella pudiera confesar su pecado mortal y así, después de cumplir la debida penitencia, obtener la absolución. Pero yo conocía a Bridget desde hace tiempo y sentí que ella era una penitente enviada a mí. Cumplí con los santos oficios de nuestra iglesia, puestos para tratar estos casos. Me vi aún más obligado a hacer esto cuando me enteré de que ella había ido a Amberes con el único propósito de encontrarme y confesarse conmigo. Tengo prohibido hablar de la naturaleza de esa terrible confesión. Ustedes sabrán gran parte de ella; posiblemente todo.

»Queda en ella liberarse de esta mortal culpa, y así liberar a los demás de sus consecuencias. Ningún rezo ni ninguna misa lo lograrán, aunque pueden fortalecerla con esa fuerza con la que se pueden realizar actos de profundo amor y de profunda devoción. Sus apasionadas palabras, su llanto por venganza, ¡sus oraciones profanas nunca podrían llegar a los oídos de los santos! Otras fuerzas las interceptaron, y obraron de tal manera que las maldiciones lanzadas al cielo cayeron en su propia carne; y de esta manera, su propia fuerza de amor golpeó y aplastó su corazón. A partir de ahora su yo actual debe ser enterrado, sí, enterrado rápidamente de ser necesario, ¡y nunca más deberá hacer señas o soltar un grito sobre la tierra! Ella se ha convertido en una clarisa, para que, con el tiempo, mediante perpetua penitencia y constante servicio al prójimo, obtenga la absolución final y que su alma descanse. Hasta entonces, la inocente deberá sufrir. Es así como vengo a ustedes para interceder por la inocente; no en nombre de la bruja, Bridget Fitzgerald, sino por la penitente y servidora de todos los hombres, la clarisa, sor Magdalena.

—Señor —le dije yo—. Escucho su petición con respeto, pero debo decirle que no es necesario que me pida hacer todo lo posible en nombre de la persona a quien amo. Si me he ausentado de su vida, es para pensar y trabajar por su redención. Yo, miembro de la iglesia inglesa, mi tío, un puritano, oramos día y noche por ella, nombrándola: las congregaciones de Londres, el próximo Shabat, orarán por una desconocida, para que sea liberada de las fuerzas de la oscuridad. Además, debo decirle, señor, que el mal no logra afectar la gran calma de su alma. Ella vive su propia vida pura y amorosa, ilesa y sin mancha, aunque todos los hombres se alejan de ella. ¡Ya quisiera yo poder tener su fe!

Mi tío habló:

—Sobrino, me parece que este caballero, aunque profesa lo que yo considero un credo erróneo, ha dado en el clavo al exhortar a Bridget a realizar actos de amor y misericordia, para borrar su pecado de odio y venganza. Procuremos, a nuestra manera, dar limosna y visitar a los necesitados y huérfanos, para hacer nuestras plegarias aceptables. Mientras tanto, yo iré al norte, y me hare cargo de la señorita. Soy muy viejo como para ser intimidado por los hombres o los demonios. La traeré a esta casa como si fuera un hogar; si el doble desea venir, ¡que venga! Un grupo de piadosos teólogos vendrá a revisar su caso y buscaremos una solución.

¡El amable y valiente viejo! Pero el padre Bernard permaneció sentado meditando.

—Ella no puede liberarse de todo el odio de su corazón —dijo él— ni todo el perdón cristiano pudo haber entrado en su alma, o el demonio ya habría perdido su poder. ¿Dijo que su nieta sigue atormentada?

—¡Así es! —le respondí, triste, pensando en la última carta de la señora Clarke.

Se levantó para irse. Tiempo después escuchamos que la razón de su visita a Londres era una misión política secreta de los jacobitas. Sin embargo, él era un hombre bueno y sabio.

Los meses pasaron y nada cambió. Lucy le suplicó a mi tío que la dejara donde estaba, temiendo que, según supe, si ella venía con su aterradora compañía, a vivir a la misma casa que yo, mi amor no soportaría las continuas conmociones a las que estaría condenado. Y ella pensaba esto, no porque desconfiara de la fuerza de mi afecto, más bien sentía cierta simpatía por el terror a los nervios que ella había observado que la visita demoniaca provocaba en todos.

Yo me encontraba inquieto y miserable. Me dediqué a las buenas obras; pero las realizaba no desde el espíritu del amor, solamente lo realizaba con la esperanza de una recompensa, y por eso la recompensa nunca fue concedida. Con el tiempo, le pregunté a mi tío si podía ir de viaje; y partí, un vagabundo, sin otro fin que el de muchos otros trotamundos: alejarme de mí mismo. Un extraño impulso me envió a Amberes, a pesar de las guerras y disturbios que ocurrían en ese entonces en los Países Bajos, o tal vez, quizás, el mismo anhelo a interesarme en algo más, me llevó al meollo de la lucha que estaba ocurriendo con los austriacos. Las ciudades de Flandes estaban repletas de disturbios civiles y rebeliones, reprimidos solo por la fuerza, y la presencia de la guarnición austriaca.

Llegué a Amberes y pregunté por el padre Bernard. Él había salido del país por un día o dos. Y luego pregunté por el camino hacia al convento de las clarisas; pero al gozar de buena salud y prosperidad, solo pude ver las grises paredes opacas y confinadas, encerradas por las calles estrechas y en la parte más baja de la ciudad. Mi casero me dijo que, si yo hubiera padecido una asquerosa enfermedad o hubiera estado en una situación urgente de cualquier tipo, las clarisas me hubieran llevado y atendido. Él habló de ellas como una orden de misericordia de estricta índole, vistiéndose escasamente con los materiales más ásperos, van descalzas, viviendo de lo que pobladores de Amberes les brindan y compartiendo esos fragmentos y migajas con los pobres y los desamparados que pululaban por todas partes; sin recibir cartas y sin tener comunicación con el mundo exterior; completamente muertas para todo menos para el alivio del sufrimiento. Él sonrió cuando le pregunté si podía hablar con alguna de ellas, y me dijo que tenían prohibido hasta hablar para mendigar por su alimento, siendo que ellas vivían y alimentaban a otros con lo que se les daba en caridad.

—Pero —exclamé—. ¡Suponiendo que todos los hombres se olvidaron de ellas! ¿Se recostarían en silencio y morirían, sin dar señales de su extrema necesidad?

—Si hubiera una regla así, las clarisas lo harían por voluntad propia; pero su fundadora designó un remedio para casos tan extremos como el que sugiere. Ellas tienen una campana, por lo que he escuchado, es una pequeña, y no ha sido tocada en la memoria del hombre; si las clarisas han estado sin alimento por veinticuatro horas, ellas pueden tocar esta campana, y confiar que la buena gente de Amberes llegará rápidamente al rescate de las clarisas, quienes nos han cuidado con esmero en todos nuestros apuros.

Me parecía que tal rescate llegaría tarde en el día que se necesitara, pero no dije lo que pensaba. Decidí cambiar la conversación preguntándole al casero si conocía, o si alguna vez había escuchado algo de una tal sor Magdalena.

—Sí —dijo él, más bien en voz baja—, las noticias llegan, incluso de parte del convento de las clarisas. Sor Magdalena es o una gran pecadora o una gran santa. Por lo que he escuchado, ella hace más que todas las otras monjas juntas, aun así, el mes pasado, cuando ellas querían nombrarla madre superiora, ella les suplicó que mejor la colocaran en un puesto por debajo de todas las demás, y que la convirtieran en la servidora más humilde de todas.

—¿Nunca la ha visto? —le pregunté.

—Nunca —me contestó.

Estaba cansado de esperar al padre Bernard, pero aun así me quedé en Amberes. La situación política empeoró drásticamente, incremento debido a la falta de alimento como consecuencia de las deficientes cosechas. En cada esquina de la calle, vi grupos de feroces y escuálidos hombres, mirando con lobunos ojos mi brillante piel y elegantes vestiduras.

Finalmente, el padre Bernard regresó. Tuvimos una larga charla, curiosamente, él me contó que el padre de Lucy, el señor Gisborne, estaba sirviendo en un regimiento austriaco, cuya guarnición se encontraba en Amberes. Le pregunté al padre Bernard si nos podría presentar, a lo cual accedió. Sin embargo, uno o dos días después, él me contó que, al escuchar mi nombre, el señor Gisborne se negó a tratar cualquier tema conmigo, diciendo que él conminó a su país y odiaba a sus compatriotas.

Probablemente recordó mi nombre en relación con su hija Lucy. De cualquier modo, era claro que no había posibilidad de que yo me reuniera con él. El padre Bernard confirmó mis sospechas acerca de la fermentación oculta de un mal venidero, trabajando entre los «infiltrados» de Amberes, y me pidió que me fuera de la ciudad; pero en realidad yo ansiaba la emoción de peligro, y tercamente me negué a irme.

Un día estaba caminando con él en Place Verte, él saludó a un oficial austriaco, quien iba camino a la catedral.

—Él es el señor Gisborne —dijo el padre Bernard, tan pronto el caballero se alejó.

Volteé a mirar la alta y delgada figura del oficial. Llevaba un porte majestuoso, a pesar de que ya había pasado la mediana edad, y por ello, podría haber encontrado alguna excusa para encorvarse ligeramente. Cuando miré al hombre, el también volteó, y cuando nuestras miradas se encontraron, miré su rostro. Su rostro estaba realmente arrugado, cetrino, demacrado; marcado por la pasión y por los azares de la guerra. Nuestras miradas se cruzaron solo por un momento. Cada uno se dio la vuelta y siguió su camino.

Pero su apariencia no era fácil de olvidar; el riguroso diseño de su vestimenta y el evidente pensamiento puesto en él no concordaba con la expresión oscura y sombría de su rostro. Ya que él era el padre de Lucy, instintivamente deseaba encontrarlo en todas partes. Después de mucho, debió darse cuenta de mi persistencia, pues fruncia el ceño con arrogancia cada vez que me veía pasar a su lado. Sin embargo, en uno de estos encuentros, tuve la oportunidad de ayudarle. Él estaba caminando por la esquina de la calle, y de repente se encontró con un grupo de descontentos flamencos, de quienes ya he hablado. Intercambiaron un par de palabras, entonces mi caballero sacó su espada y con un pequeño pero habilidoso espadazo sacó sangre de una de las personas que lo habían insultado, según él, aunque yo estaba muy lejos como para escuchar las palabras. Ellos se hubieran abalanzado sobre él si yo no hubiera corrido y lanzado el grito de unión, en ese entonces bien conocido en Amberes, a los soldados austriacos que patrullaban constantemente las calles y que llegaron en gran número al rescate. Creo que ni el señor Gisborne ni el grupo amotinado de plebeyos sentían gratitud hacia mi persona por interferir. Él se plantó contra la pared, en una habilidosa actitud de pelea, listo con su reluciente espada para dar batalla a todos esos pesados, feroces y desarmados hombres, que eran unos seis o siete. Pero cuando sus propios soldados llegaron, él envainó su espada y, dando unos despreocupados comandos, los regresó a sus posiciones, y continuó con su solitario paseo por la calle, los obreros gruñeron a sus espaldas, y estaban más que inclinados a atacarme por mi grito de rescate. No me importaba si lo hacían, en ese momento mi vida parecía una carga deprimente; y, quizás fue esta descarada vaguedad para con ellos lo que previno que me atacaran. En cambio, me permitieron tener una conversación con ellos; y escuché algunas de sus quejas. Eran tan dolorosas y pesadas para ser soportadas, que no era de extrañarse que estas víctimas fueran salvajes y estuvieran desesperadas.

El hombre a quien el señor Gisborne había herido en la cara quería que le dijera el nombre de su agresor, pero me rehusé a decírselo. Otro hombre del grupo escuchó su pregunta y respondió: «Yo lo conozco. Es Gisborne, asistente de campo en el comando general. Lo conozco muy bien».

Él comenzó a contar una historia en conexión con el señor Gisborne, murmurando en un tono bajo; y mientras contaba la historia, la cual despertaba su sangre maligna y que ellos evidentemente deseaban que no escuchara, me alejé y regresé a mi alojamiento.

Esa noche, Amberes estuvo en una revuelta abierta. Los pobladores se levantaron en rebelión contra sus líderes austriacos. Los austriacos, resguardando las entradas de la ciudad, permanecieron bastante tranquilos en la ciudadela; y solo de tanto en tanto, el estallido del gran cañón barría tristemente la ciudad. Pero, si esperaban que el disturbio cesara, y culminara después de un par de horas de furia, estaban equivocados. En un día o dos, los revoltosos tomaron posesión de los principales edificios municipales. Luego, los austriacos se desplegaron en una flamante formación, calmados y sonriendo, mientras marchaban a las bases asignadas, como si para ellos el feroz tumulto no fuera más que un enjambre de molestas moscas de verano. Sus preparadas maniobras, sus tiros acertados, tuvieron un efecto terrible; por cada revoltoso muerto, se alzaban tres más para vengar su muerte. Pero un mortal enemigo, un abominable aliado de los austriacos, estaba en acción. La comida, escasa y deseada por meses, ahora era imposible de obtener, sin importar el precio. Se hicieron esfuerzos desesperados para traer provisiones a la ciudad, ya que los revoltosos tenían amigos fuera. Cerca del puerto de la ciudad, cercano al rio Escalda, tuvo lugar una gran lucha. Yo estaba ahí, ayudando a los revoltosos, cuya causa adopté. Tuvimos un salvaje encuentro con los austriacos. Soldados cayeron en ambos lados: los vi sangrando en el suelo por un momento, luego una bola de humo los ocultó; y cuando el humo se despejó, habían muerto —pisoteados o asfixiados, aplastados u ocultos bajo los recién heridos a quienes esos últimos cañonazos habían derribado—. Y luego una figura con túnica y velo grises apareció justo frente a los fogonazos, y se inclinó frente a alguien, cuya sangre vital se agotaba; a veces era para darle algo de beber de las latas que cargaban en sus costados; otras veces veía la cruz ser sostenida sobre un moribundo, y rápidas oraciones eran pronunciadas, inaudibles para los hombres que se encontraban en medio de esos estruendos infernales, pero escuchadas por Él, arriba. Yo veía todo esto como si estuviera en un sueño: la realidad de esos tiempos austeros era batalla y matanza. Pero yo sabía que esas figuras grises, cuyos pies descalzos estaban bañados en sangre y cuyos rostros se ocultaban tras los velos, eran las clarisas; enviadas porque la extrema agonía se encontraba en todas partes y el inminente peligro estaba al alcance. Por lo tanto, dejaron su enclaustrado refugio y entraron en esa densa y maligna riña.

Cerca de mí, empujado debido a la lucha de muchos combatientes, pasó el pueblerino de Amberes con la cicatriz apenas sanada en su rostro; y, unos instantes después, fue arrojado por la multitud sobre el oficial austriaco Gisborne, y antes de que alguno de los dos se recuperara del golpe, el pueblerino reconoció a su oponente.

—¡Ja! ¡El inglés Gisborne! —gritó, y se tiró sobre él redoblado en ira. Lo había golpeado tan fuerte que el inglés había caído; cuando de entre los humos surgió una figura de gris oscuro, y se arrojó justo debajo de la brillante espada alzada. El brazo del pueblerino se detuvo. Ni los austriacos ni los amberinos estaban dispuestos a lastimar a las clarisas.

—¡Déjemelo a mí! —dijo en un tono bajo y austero—, él es mi enemigo, desde hace muchos años.

Esas son las últimas palabras que recuerdo. Yo mismo fui herido con una bala. No recuerdo lo que pasó por días. Cuando recobré conciencia, me encontraba extremadamente débil, y ansiaba comida para recuperar mis fuerzas. Mi casero estaba sentando, vigilándome. Él también lucía esquelético y marchito; él había escuchado de mi herido estado y fue a buscarme. ¡Sí! La lucha todavía continuaba, pero la hambruna era terrible: y él había escuchado que algunos habían muerto por la falta de comida. Mis ojos aguantaron las lágrimas mientras él hablaba. Pero pronto él se quitó de encima la tristeza y su alegría natural regresó. Él padre Bernard había ido a visitarme... nadie más (¿quién sino podría haber sido?). El padre Bernard regresaría esa tarde, lo había prometido. Pero el padre Bernard nunca llegó, aunque yo ya estaba levantado y vestido, y esperaba verlo con ansias.

Mi casero me había traído una comida que él mismo había cocinado: no sé de qué estaba hecha, pero era excelente, con cada cucharada yo parecía recobrar fuerza. El buen hombre se sentó mirando mi evidente gozo con una feliz sonrisa de simpatía; pero, mientras saciaba mi apetito, empecé a detectar una cierta melancolía en sus ojos, como si deseara comer lo que yo casi había devorado, pero, en efecto, en ese momento no era consciente de la magnitud de la hambruna. De pronto, el sonido de un par de rápidos pies se oyó por nuestra ventana. Mi casero abrió una de las ventanas para ver qué era lo que estaba pasando. Luego escuchamos el alejado y agitado tintineo de una campana, llegando estridentemente por el aire, claro y distinto a todos los demás sonidos.

—¡Madre Santa! —exclamó mi casero—. ¡Las clarisas!

Él tomo las sobras de mi comida y las apiñó en mis manos, pidiéndome que lo siguiera. Bajó las escaleras corriendo, tomando más comida, mientras las mujeres de su casa se la ofrecían con impaciencia; y en un instante estábamos en la calle, moviéndonos a la par de la gran corriente de personas que se dirigía al convento de las clarisas. Aun así, como si nos perforara los oídos con su grito inarticulado, se escuchaba el agudo tintineo de la campana. En esa extraña multitud había ancianos temblando y llorando, mientras cargaban su pequeña nimiedad de comida; mujeres con lágrimas corriendo por sus mejillas, que habían tomado las provisiones que tenían en los recipientes en los que las resguardaban, de modo que la carga de estos era mucho mayor que lo que contenían; niños, con las mejillas coloradas, sosteniendo firmemente el pedazo de pastel o pan mordido, en su ansia por llevarlos seguramente para ayudar a las clarisas; las hombres fuertes —sí, tanto los amberinos como los austriacos— avanzaban apretando los dientes, sin decir palabra; y por encima de todos y entre todos, se escuchaba aquel agudo tintineo, que era un grito de ayuda en una situación extrema.

Nos encontramos con el primer torrente de personas regresando con rostros pálidos y lastimeros: estaban saliendo del convento para abrir camino a las ofrendas de los demás.

—¡Rápido, rápido! —decían—. ¡Una clarisa está muriendo! ¡Una clarisa está muriendo de hambre! ¡Dios, perdónanos a nosotros y a nuestra ciudad!

Avanzamos. La marea de gente nos llevaba a donde quería. Nos llevaron través de los comedores, que se encontraban vacíos y desmoronados, hacia las celdas cuyas puertas tenían escrito el nombre conventual de la ocupante. Así fue como, junto con los demás, me vi obligado a entrar a la celda de sor Magdalena. En el sillón se encontraba el señor Gisborne, pálido como la muerte, pero no muerto. A su lado se encontraba un vaso con agua, y un pequeño trozo de pan mohoso, el cual él había alejado de su alcance y no podía moverse para obtenerlo. Sobre su cama estaban escritas las palabras, copiadas en inglés, «por lo tanto, si tu enemigo tiene hambre, aliméntalo; si está sediento, dale algo de beber»[7].

Algunos de nosotros le dimos algo de nuestra comida, y lo dejamos comiendo vorazmente, como un hambriento animal salvaje. Por ahora ya no se escuchaba el intenso tintineo, sino que se escuchaba un solemne tañido, el cual en todos los países cristianos significa el paso de un espíritu de la vida terrenal a la eternidad; y de nuevo se formó el murmullo y este creció, pues mucha gente hablaba conteniendo el aliento.

—¡Una clarisa está muriendo! ¡Una clarisa ha muerto!

Llevados nuevamente por el movimiento de la multitud, entramos a la capilla perteneciente a las clarisas. En un féretro frente al altar se encontraba una mujer, se encontraba sor Magdalena, se encontraba Bridget Fitzgerald. A su lado se encontraba el padre Bernard, con su sotana, y sosteniendo el crucifijo en alto, mientras pronunciaba la solemne absolución de la iglesia, como si fuera alguien que recientemente había confesado un pecado mortal. Avancé con apasionada fuerza, hasta que estuve cerca de la mujer moribunda, mientras recibía los santos óleos entre el silencio ahogado y sorprendido de la multitud alrededor de ella. Sus ojos se volvían vidriosos, sus extremidades se ponían rígidas; pero cuando el rito había terminado, ella levantó

7 Epístola a los Romanos, capítulo 12, verso 20.

su demacrada figura lentamente, y sus ojos se iluminaron con una extraña e intensa alegría, mientras que con el gesto de su dedo y con la mirada perdida en un trance, parecía como alguien que había visto la desaparición de una aborrecedora y terrible criatura.

—¡Ella ha sido liberada de la maldición! —dijo, al mismo tiempo que cayó muerta.

Rosetta Edu

CLÁSICOS EN ESPAÑOL

Esperamos que haya disfrutado esta lectura. ¿Quiere leer otra obra de nuestra colección de *Clásicos en español*?

En nuestro Club del Libro encontrarás artículos relacionados con los libros que publicamos y la literatura en general. ¡Suscríbete en nuestra página web y te ofrecemos un ebook gratis por mes!

Recibe tu copia totalmente gratuita de nuestro *Club del libro* en rosettaedu.com/pages/club-del-libro

Rosetta Edu

CLÁSICOS EN ESPAÑOL

Una habitación propia se estableció desde su publicación como uno de los libros fundamentales del feminismo. Basado en dos conferencias pronunciadas por Virginia Woolf en colleges para mujeres y ampliado luego por la autora, el texto es un testamento visionario, donde tópicos característicos del feminismo por casi un siglo son expuestos con claridad tal vez por primera vez.

Oscar Wilde escribe una sola novela, *El retrato de Dorian Gray*; ésta fue el objeto de una crítica moralizante mordaz por parte de sus contemporáneos que no pudieron ver que dentro de una trama perfectamente compuesta se escondía toda la tragedia del romanticismo. Cien años después no ha perdido su impacto original y sigue siendo un texto fundamental para los debates sobre la estética y la moral.

Otra vuelta de tuerca es una de las novelas de terror más difundidas en la literatura universal y cuenta una historia absorbente, siguiendo a una institutriz a cargo de dos niños en una gran mansión en la campiña inglesa que parece estar embrujada. Los detalles de la descripción y la narración en primera persona van conformando un mundo que puede inspirar genuino terror.

rosettaedu.com

Rosetta Edu

EDICIONES BILINGÜES

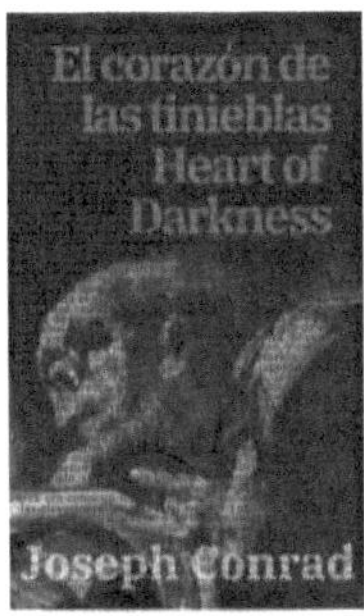

En una atmósfera constante de misterio y amenaza, *El corazón de las tinieblas* narra el peligroso viaje de Marlow por un río (sin duda el Congo aunque no es nombrado en el relato) africano. Lo que el marino puede observar en su viaje le horroriza, le deja perplejo, y pone en tela de juicio las bases mismas de la civilización y la naturaleza humana.

Durante décadas, y acercándose a su centenario, *El gran Gatsby* ha sido considerada una obra maestra de la literatura y candidata al título de «Gran novela americana» por su dominio al mostrar la pura identidad americana junto a un estilo distinto y maduro. La edición bilingüe permite apreciar los detalles del texto original y constituye un paso obligado para aprender el inglés en profundidad.

En *La señora Dalloway* Virginia Woolf relata un día en la vida de Clarissa Dalloway, una señora de la clase alta casada con un miembro del parlamento inglés, y de un ex-combatiente que lucha contra su enfermedad mental. La innovación de la novela es la corriente de consciencia: Woolf sigue el pensamiento de cada personaje, siendo excelente a la hora de narrar emociones, asociaciones y sentimientos.